W0287756

ARNIM TÖPEL

Gündales in Glickerbach

Beschd of Tschief und Freese

Vor langer Zeit, es war 1989, da fiel mir beim Klavierspielen eine Zeile ein. Vielleicht lag es daran, dass ich gerade Rechtsanwalt geworden war und die Bühne zuvor zugunsten der Juristerei über Gebühr vernachlässigt hatte, jedenfalls platzte es geradezu aus mir heraus: **Hallole, isch bins, de Günda!**
Ich wusste sofort, das wird ein Lied. Dass es gewissermaßen *mein* Lied werden würde, das indes konnte ich nicht ahnen. Denn geboren war so mein alter ego: de Günda. Verlässlicher wie unberechenbarer Begleiter in meinen Solo-Programmen von *Newa de Kapp* bis *Masterbabbler*.

Als ich mich 2013 an die Verwirklichung meines langgehegten Vorhabens machte, einen Mundartkrimi zu schreiben, da gab es keinen Moment des Zweifelns, auf welchen Namen mein Held hören sollte. Sechs Romane mit Kommissar Günda habe ich seitdem fabriziert, und ich bin immer wieder gespannt und überrascht, wohin es mich und meine Figuren treibt.

Bei meinen Lesungen haben sich über die Jahre ein paar Geschichten als besonders beliebt entpuppt, die ich nun in diesem Buch versammelt habe, samt Erläuterungen. Gewissermaßen die Vorbereitung zur Pflichtlektüre in allen Schulen der Kurpfalz. Scherz!
Obwoohl…

Seien Sie also gefasst auf:

Des Beschde vum Tschief un des Äiigschde vum Freese

Oder umgekehrt?

Geh mol dange!

Da gibt es doch im Fernsehen Krimis, die angeblich in unserer Region spielen, aber keiner der Ermittler spricht Dialekt. Für mich war das letztlich Anlass, einen Gegenentwurf zu entwickeln. Mein Kommissar Günda ist **vun do**, *er spricht wie die Menschen* **vun do**. *Folgerichtig ist er Chef der* **Sokodo**.
Wie alle Ermittler arbeitet der Mann im Team, und weil für mich der besondere Reiz im Kontrast von Hochdeutsch und Dialekt liegt – schließlich bin ich selbst zweisprachig aufgewachsen –, habe ich meinem Helden einen jungen, alerten, ambitionierten Assistenten an die Seite gestellt: Fritjof Freese. Wie dessen Name schon verheißt: Der ist nicht **vun do**.

„Geh mol dange!", hatte ihn Kommissar Günda jüngst gebeten.
„Wofür?"
„Isch weeß net, was fan Fusl du zum Audofahre brauchsch, mia nämme Benzin."
„Ah, verstehe, Sie meinen *tanken*."
„Sebvaständlisch! Binnisch Bauchredna odda was? Was hoschn du gedenkt?"
„Danken. Danke sagen. Dankeschön!"
„Kroddevakeat. Des wäa donge. Mit o wie Onga."
„Ong was?"
„Onga. Zum ins Wassa Dunge."
„Dung? Im Wasser?"
„Dunge mit u wie Ungl."
„Ich glaube, ich gehe lieber mal tanken."
„Mach des. Un Freese …"
„Ja, Tschief?"
„Donge!"

Duds?

Kommissar Günda ist Ende 50 (ma weeßes net so genau), ein **Beschd Eedscha**[1]*, wie er selbst immer wieder gerne betont. Dabei beruft er sich auch auf die Fachpresse.*
„Die Apothekenrundschau?"
„Obacht, Freese! Net fresch wärre!"

Altersgemäß tut er sich mit vielen technischen Neuerungen schwer. Um genau zu sein: **mit allene**. *Selbst wenn diese ihm beruflich von Nutzen sein könnten, verweigert er jede Mühe, sich einzuarbeiten. Lediglich über einen Anrufbeantworter verfügt er, und er ist immerhin in der Lage, eine durchaus glaubhafte Ansage aufzunehmen: „Bin net do, hea nix ab, babbl drotzdähm, wenns sei muss!"*

Dies alles auch zu Freeses Verdruss, hat der doch immer wieder Mühe, seinen Chef zu erreichen. Um Abhilfe zu schaffen, hat er Kommissar Günda kurzerhand ein Smartphone geschenkt. Der kommt damit erwartungsgemäß überhaupt nicht zurande und zieht deshalb einen Bekannten ins Vertrauen:

„Hea, Jürgenne[2], kannsch du mol gugge, was des is?"
„Wie, was das ist? Was soll das sein?"
„Färnnbedienung, Härzzschrittmacha, was weeßn isch?"
„Nein, nein, das ist ein Smartphone, noch dazu kein schlechtes. Damit kannst du alles Mögliche machen."
„Aa SMS?"
„Selbstverständlich."
„Abba[3]. SMS geht net, hawwisch schun browiat."
„Zeig mal her."

---

[1] Best Ager
[2] Kurpfälzer Vokativ
[3] ein nachdrückliches Nein

Jürgen Schmittruh besah sich das Gerät und öffnete das SMS-Programm.
„Du hast aber auch komische Sachen geschrieben."
„Hä?"
„Na da, lies mal!"
„*Dies?* Sicksch[4], des hawwisch net gschriwwe, uff kähn Fall. Des Glumb[5] fälscht mei Wortte. Isch glaab sgeht los."
„Das kann ja gar nicht sein. Was wolltest du denn schreiben?"
„Duds?"
„Wie bitte?"
„Obs funzioniere dud, des wolldisch wisse."
„Ach so: Tut es?"
„Saarisch doch: Duds?"
„Schön, dann schreiben wir das nochmal."
Er tippte Buchstaben für Buchstaben ein. Das Gerät wandelte schließlich um in *Dies?*
„Sicksch? Des fälscht, uumeeglisch."
„Irrtum, das Smartphone erkennt dein Wort nicht und vermutet, du meinst ein anderes."
„Hä, was sollischn annares mähne?"
„Na, zum Beispiel *dies*."
„Des gibt doch kähn Sinn."
„Wie mans nimmt. Was hast du denn sonst noch geschrieben?"
„Loss misch mol iwwaleje. Duds net?"
„Kein Wunder, das ist für den Apparat völlig unverständlich."
„Was heeßtn des? Vasteht des kä Deitsch? Hajo, schun klaa, kummt bstimmt vun Schienaa[6]."
„Deutsch schon, aber eben keinen Dialekt."
„Dann kannschs glei bhalde."
„Na ja, es ist schon etwas ungewöhnlich, dass jemand seine SMS

---

4 Siehst du?

5 Plunder

6 China

im Dialekt schreibt."
„Wisso? Isch schreib hald, wie isch schwätze du."
„Na gut, dann zeige ich dir jetzt mal, wie man mit der Korrekturfunktion arbeitet. Du musst das Wort, das du verwenden willst und das das Gerät offenbar nicht kennt, einfach dem internen, intelligenten Wörterbuch hinzufügen. So. Jetzt müsste es funktionieren. Probiers mal!"
Kommissar Günda tippte mit Bedacht: „Do binnisch mol gspannt. A, des gibts jo net! Wie bleed is des Ding!"
„*Leerte?* Seltsam. Was ist das denn für ein Wort? Hast du denn *Duuds?* geschrieben?"
„Nää, nadierlisch net."
„Ja, warum denn nicht?"
„A, was solln des indelligende Käschtl vun mia denge? Dassisch bloß des ähne Wortt kenn?"
„Was hast du denn geschrieben?"
„*Leefts?*[7] Un wie isch seh muss, sleeft net."

---

[7] Läufts?

Glickerbach ist überall

Zentraler Spielort meiner Krimis ist eine typische, beschauliche Gemeinde inmitten der Kurpfalz: Glickerbach. Der Name leitet sich ab von **Glickales**, *diesem wunderbaren Begriff fürs Murmelspiel.*

Immer wieder werde ich gefragt, welches real existierende Städtchen denn nun Pate für mein Glickerbach gestanden habe. Ich will es Ihnen an dieser Stelle freimütig anvertrauen: alle.

Menschen brauchen Nähe. Menschen suchen Nähe. Nicht jedoch zu ihren Nachbarn.
Das gilt besonders für angrenzende Gemeinden. Auch in Glickerbach und dem benachbarten Fußheim pflegen Groß und Klein eine lange Tradition gegenseitiger Geringschätzung.

Freundschaftliche Bande gibt es zu Partnerstädten in Südafrika, Brasilien und der Mongolei. Mehrmals im Jahr feiert man begeistert völkerverbindende Begegnungen von Delegationen, aber eine direkte Busverbindung zur nächsten, knapp drei Kilometer entfernt liegenden Ortschaft existiert nicht. Was dem Bedarf entspricht. Nie hat jemand danach gefragt.

Man missbilligt und erkennt einander augenblicklich. Schon an der Sprache: *Do vastehsch nix, kä Wortt!* Zwar nicht am Autokennzeichen, dafür am Fahrstil: *Obacht, än Fußhoima!*

Freilich hat sich die Lage entspannt. Nur die in die Jahre Gekommenen wissen noch, wie es war. In der guten, alten Zeit: *Sunndaags, do hawwe sisch die Leit an de Grenzstähna gedroffe zum Vawesche*[8]. *Härrliiisch!*

---

[8] wörtlich: Sonntags, da haben sich die Menschen an den Grenzsteinen getroffen zum Verprügeln.

So friedlich mittlerweile Sonntage in Glickerbach für gewöhnlich vonstatten gehen, so angespannt, so brenzlig, ja, so unkalkulierbar ist die Lage, wenn im Glickerbacher Fußballstadion die Nachbarvereine zum Lokalderby aufeinandertreffen.

Anfangs hatte man versucht, mit den hiesigen Polizeikräften die Ordnung aufrechtzuhalten. Da jedoch immer wieder Zweifel an deren Neutralität aufkeimten – *Du bisch aa ähna vun denne, gäbbs zu! Gliggabacha! Dreggeda*[9]*!* –, ist man dazu übergegangen, unabhängige Helfer bereitzustellen.

Zwei Hundertschaften aus Karlsruhe sorgen nun dafür, dass die jeweils gut 35 Fans das Spiel in getrennten Blöcken verfolgen.

---

[9] wörtlich: schmutziger – interessanterweise wird das Adjektiv hier nicht wie üblich vorangestellt, es erlangt so mehr Gewicht. Gewissermaßen ein klangvolles Nachtreten.

Ou, de anna!

Begleiten wir nun unseren hoffnungsfrohen, hochdeutschen Assistenten bei seinen Ermittlungen. Um welchen Fall es sich handelt, das ist für Sie nicht von Belang. Was Sie einzig wissen müssen: Fritjof Freese ist alleine in Glickerbach unterwegs. Ohne seinen Tschief. Da lauern natürlich an jeder Ecke sprachliche Herausforderungen.

„Ou, de anna!“
Schon zum zweiten Mal rang Fritjof Freese mit dieser eigenartigen Formulierung. Zuerst fühlte er sich überhaupt nicht angesprochen. Er hatte gerade sein Auto in Glickerbach geparkt und war dabei auszusteigen, als ein Unbekannter ihm diesen Kaumsatz im Vorbeigehen entgegenhielt, das Kinn in dessen Verlauf gleich zwei Mal emporreckend, um es sofort wieder fallen zu lassen. Freese schaute hinter sich, wer gemeint sein könnte. Weit und breit war niemand zu sehen. Als er auf die offenbar an ihn gerichtete Bemerkung reagieren wollte – noch wusste er freilich nicht wie –, war der Glickerbacher bereits etliche Meter entfernt und an einer Antwort nicht oder wenigstens nicht mehr interessiert.
Und nun also ein weiteres *Ou, de anna!*

Erneut ein unbekanntes Gesicht, wieder ein Mann, jetzt im Vorbeiradeln. Einiges sprach dafür, dass es sich um eine ortsübliche Begrüßung unter Geschlechtsgenossen handelte.
Stutzig machte ihn indes die Mischung aus Überraschung und Vertrautheit, die aus ihr sprach und die er in seinem Fall durch nichts gerechtfertigt sah.
War es am Ende ein geheimer Code? Angewandt auf unliebsame Fremde, zumal, wenn sie von der Polizei sind und sich anschicken, Nachforschungen über die Hiesigen anzustellen. Vergleichbar dem Pfiff der Murmeltiere als Warnung vor Gefahr? *Obacht, pffff, de anna!!!*

Kam diese Formulierung in Großstädten ebenfalls vor? In überlaufenen Fußgängerzonen, vor umlagerten Stadien? Eine Horde Männer, einander beständig zunickend?
Ou, de anna!
Ou, de anna!
Ou, de anna!

Eine abwegige Annahme. Diese Formulierung war zweifelsohne Kleinstädten vorbehalten. Entstanden vermutlich aus der Tristesse eintöniger Begegnungen im mittelalterlichen, dünnst besiedelten, noch nicht einmal dörflichen Raum. Des Morgens aus der notdürftigen Behausung ins Licht tretend, erscheint vor dem Tipi gegenüber das erwartete Gesicht.
Ou, de anna!
Weniger Gruß als ernüchterte Feststellung. Und wie bei den meisten Floskeln hatte es einfach eine Verselbstständigung gegeben.

Freese nickte, zufrieden mit seiner Analyse.

Aber wie darauf reagieren? Und da kam ihm auch schon ein weiteres stattliches Glickerbacher Exemplar schlendernden Schrittes entgegen. Als die beiden Männer gerade noch gut zwei Meter voneinander entfernt waren, nickte Freese energievoll und dröhnte: „Oh, der andere!"

Er beherzigte hier eine Grundregel, die ihm Kommissar Günda immer wieder eingeschärft hatte: Niemals als *Nochdeschriftspreschla*[10] sich dem Dialekt anbiedern!

Als Fremder die hier gebräuchliche Formulierung zu übernehmen, aber in die Hochsprache umzuwandeln, das hätte

---

[10] Einer, der nach der Schrift spricht – flugs substantiviert

Kommissar Gündas Empfehlungen kaum entsprochen und war ein mutiges Experiment mit ungewissem Ausgang.

Dementsprechend verharrte der Angesprochene augenblicklich und sah Freese forschend an. Auch der hielt in der Bewegung inne. Später würde er dem Kommissar berichten, man habe sich in der Folge eine kleine Ewigkeit nicht von der Stelle gerührt. Schließlich holte Freeses beharrlich schweigendes Gegenüber hörbar Luft und stieß das Silbenpaar der Erlösung hervor: „Alla!“

Trotz der Genugtuung über den im Prinzip gelungenen Versuch steckte Freese in einem Dilemma. Er wusste zwar, wie man angemessen auf *Ou, de anna!* antwortete. Aber nun hatte er ein anderes Problem: Wie übersetzte man *Alla*[11]?

---

[11] Es handelt sich bei *alla* um einen nahezu überall einsetzbaren Einwurf. Der kann ein schlichtes *Also* bedeuten oder ein drängendes *Mach jetzt endlich!* Oder aber *Alla* ist das große letzte Wort einer Rede und heißt *Hugh, ich habe gesprochen.*

De Bruddaal-Babbla

Die Sokodo ist in jeder Hinsicht **ebbes Bsunnas**[12]. *Das gilt auch für die Räumlichkeiten, in denen sie residiert: im Nebenzimmer vom Roten Ochsen, einer alteingesessenen, gutbürgerlichen Gastwirtschaft in Glickerbach. Worum sie viele Kolleginnen und Kollegen im Präsidium beneiden, was Freese allerdings nicht automatisch zum Vorteil gereicht.*

So offen die Sokodo für die Bevölkerung war, so gering die Hemmschwelle schon durch die Situierung in einer Gastwirtschaft, alleiniger Ansprechpartner war und blieb immer Kommissar Günda.

Anfangs hatte das durchaus skurrile Situationen hervorgebracht.
„Is kähna do heit?"
„Doch. Ich."
„Nää, isch mähn, än Rischdische."

Hatte Freese Fragen gestellt, hatte er keine Antworten erhalten. Zunächst hatte er vermutet, sein Hochdeutsch würde nicht recht verstanden. Aber bald hatte er erfahren müssen, dass er gar nicht wahrgenommen wurde, etwa, wenn er hartnäckig nachgehakt hatte: „Ich habe Sie etwas gefragt."
„Hä?"
„Ich sagte, ich habe Sie etwas gefragt."
„Isch weeß."
„Und warum antworten Sie dann nicht?"
„Isch hab gedenkt, des gilt bei Ihne net."

Mit der Zeit war er wenigstens gelegentlich zur Kenntnis genommen worden. Aber nie für voll: „Sie können mir den Vorfall ruhig schildern, ich vertrete hier meinen Chef."

---

[12] etwas Besonderes

„Hmpf. Isch waat liewa uff de Tschief."

Kommissar Günda war und blieb in der Sokodo der Dreh- und Angelpunkt. Er selbst war sich dessen sehr wohl bewusst. Ihm war klar, dass es Zeit brauchte, das zu ändern. Oder ungewöhnliche Maßnahmen. So war er auf den Gedanken gekommen, eine offizielle Sprechstunde einzuführen. Wochentäglich sollte sein Assistent von 16-18 Uhr für die Fragen und Anliegen der Bürgerinnen und Bürger zur Verfügung stehen.
Freese war von der Idee zunächst nicht recht begeistert gewesen: „Meinen Sie wirklich, da gibt es jeden Tag Redebedarf für zwei Stunden?"
„Nää, nadierlisch net. Dodrum gehts jo aa net."
„Sondern?"
„Die solle disch bissl kennelärnne."
„Dazu gab es ja nun wahrlich genügend Gelegenheit."
„Schun."
„Aber die Leute nehmen mich gar nicht wahr, für die bin ich Luft."
„Ä-ä, Freese. Des siehsch du falsch."
„Meinen Sie? Und warum ignoriert man mich, wenn ich mit Ihnen zusammen bin? Warum gehen die Leute nur auf Sie zu, nie auf mich?"
„Gonz äfach, Freese: Die Leit, die hawwe Ängscht."
„Was?"
„Ängscht. Angscht."
„Angst? Vor mir?"
„Nää. Voa deinare Sprooch. Wie du sprisch."
„Wie spreche ich denn?"
„A des, des klingt so… bruddaal. Do hawwisch aa manschmol Ängscht. Zum Beispiel weje demm *bbö*."
„Dem Buchstaben?"
„Ähä."
„Sie fürchten sich vor meinem *bee*?"

„Nää, net wejem *bee*. Wejem *bbö*."
„Ich weiß nicht, was Sie meinen."
„Isch kann des gaa net wie du. Odda des *ddö*."
„?"
„Un voa allem des *ggö*."

Freese hielt inne, schüttelte ungläubig den Kopf: „Ich wüsste nicht, was an meinem *gee* so besonders sein soll. Können Sie mal ein Wort sagen, in dem das vorkommt?"
„Nää, kannisch net nadierlisch. Weil isch net so bruddaal babbl wie du. Doch, isch weeß ähns. Sach mol: Glaus."
„Glaus."
„Net Glaus. Glaus!"
„Glaus? Können Sie mal einen ganzen Satz sagen, in dem dieses merkwürdige Wort auftaucht?"
„Äh… Moment… Jetz hawwischs: Isch hab kähn Ronze[13], awwa de Glaus hot ähna. Un was fa ähna."
„Sie haben keinen was? Ronzn?"
„Vagesses. Isch hab… Dorscht."
„Durst."
„Des kennsch, sicksch, du machsch Forttschritt. Allo: Isch hab Dorscht, awwa de Glaus, dea hot Hunga."
„Ah! Klaus! Sie meinen den Namen *Klaus*?"
„Ua! Wie des klingt bei dia! Voll bruddaal. Sach des nochmol."
„Klaus."
„Wenn du do kä Ängscht kriggsch, weeßischs aa net."
„Wenn ich Sie richtig verstehe, dann meinen Sie, die Menschen fürchten sich bei mir vor einzelnen Buchstaben."
„Gönau. Du hoschs."
„Vor dem *ka*?"
„Hhhhh!"

---

13 Bauch, gerne in dieser Kombination verwendet: *Soän Ronze!* Was herabwürdigend, aber auch durchaus anerkennend gemeint sein kann.

„Vor dem *pe*?“
„Schrecklisch!“
„Und vor dem *te* auch?“
„Gonz aiig!“
„Und deshalb trauen sich die Menschen nicht zu mir?“
„Des isses. Die misse sisch ärschda gegwööhne[14] on dei Gebabbl. Weil du, du kannsch des jo net ableje.“
„Ablegen.“
„Kannsch du net.“
„Kann ich nicht.“
„Saarisch doch.“
„Gut, theoretisch…“
„Hea uff, glei drei Mol voll bruddaal vawischt. Vasuchs bissl leisa, des *ddö*. Odda, nochä Idee, du drehsch disch bissl weg, wenns kummt. Browias mol!“
„Eo-re-isch?“
„Bessa. Bissl.“

---

[14] gewöhnen – der Zusatzkonsonant sorgt für mehr Geschmeidigkeit.

Geh fortt!

Brutal? So empfindet Freese seine Sprache mitnichten. Er fühlt sich vielmehr ein ums andere Mal selbst in dieser Hinsicht als Opfer, denn Rücksicht nehmen die Glickerbacher auf den **Voanehmspreschla**[15] *selten. Zudem hat Kommissar Günda gerade in der Anfangszeit ihrer Zusammenarbeit dafür gesorgt, dass seinem Assistenten Extremerfahrungen nicht erspart bleiben. Er würde es wohl eher als notwendigen* **Kräschkuas** *bezeichnet haben. In der folgenden Szene verbirgt sich der Kommissar feixend hinter einer undurchsichtigen Scheibe, während sein Assistent es mit einer vierschrötigen, polizeibekannten Frau zu tun bekommt, die er mit einem Tatvorwurf konfrontieren soll.*

„Sie sind von Zeugen beobachtet worden, wie Sie den Zugschaffner beschimpft und tätlich angegriffen haben."
„Geh fortt!"
„Bitte?"
Die Angesprochene insistierte: „Geh fortt!!!"
„Nun …" Freese war verwirrt: „Ist das Ihr Ernst?"
Er wusste, dass ein Angeklagter in der Verhandlung das Recht hatte, einen Richter abzulehnen mittels eines Befangenheitsantrages. Was ihm in dieser Stresssituation nicht klar war, ob eine Verdächtige es entsprechend zurückweisen konnte, durch ihn vernommen zu werden. Er reagierte entsprechend vorsichtig: „Wünschen Sie eine Frau?"
Was wiederum die Beschuldigte falsch verstand.
„Hä?"
„Möchten Sie eine Frau haben?"
„Hea mol, binnisch do bei de Bollezei odda im Zinggles-Dreff?"
Freese bemühte sich um Sachlichkeit: „Also, wenn ich Sie richtig verstehe, grundsätzlich haben Sie nichts gegen mich. Als Mann."
„Äh … Nää."

---

[15] ebenfalls eine Substantivierung, wie sie im Hochdeutschen nicht gelänge

„Gut.“ Er blieb verunsichert und versuchte es zu überspielen, indem er auf das Erlernte in Sachen Vernehmungstaktik setzte. Direkte Fragen, fester Blick in die Augen des Gegenübers: „Bin ich Ihnen zu jung?“

Das war mit Abstand Kommissar Gündas liebster Moment, den er immer wieder genüsslichst bei Betriebsausflügen rekapitulierte. Eine bald zwei Meter große, gut fünfzigjährige, mehrfach vorbestrafte Gewalttäterin, ihr gegenüber Fritjof Freese, einsachtzig, smart, Berufsanfänger.
„Zu jung? Nää. Eigendlisch net.“
„Meinen Sie, ich hätte nicht genügend Erfahrung?“
„Äh …“
„Also, ich bin beileibe kein Anfänger.“
„Hm.“
„Ich sehe vielleicht nicht so aus, aber ich habe das schon mal gemacht. Glauben Sie mir das?“
„Pfff.“
„Dann sind Sie also einverstanden, wenn wir fortfahren.“
„Wu noo?“
„Bitte?“
„Fortt-fah-ren. Woo hiin?“
„Nein, ich meine weitermachen. Hier.“
„Woomit?“
„Na, was wir eben begonnen haben?“
Die Verdächtige zögerte kurz: „Flädde[16]?“

Freese hörte das Wort zum ersten Mal, wollte jedoch das gerade in Gang gekommene Gespräch nicht gleich wieder ins Stocken bringen: „Genau.“
„O, geh fortt!“
„Sie müssen sich schon entscheiden. Ich oder ein anderer?“

---

[16] Flirten

Die zu Vernehmende schaute ihn entgeistert an: „Des glaabt mia kähna, des derfisch kähm vazehle. Alla guud, wenn hebbdan noch? Wea issn noch im Ogeboot?"
„Wer ist was?"
„Im Aan-ge-boot."
„Also mein Chef wäre bestimmt verfügbar, Kommissar Günda."
„De Tschief? A donn deedisch schun liewa Sie nämme."
„Lieber mich."
„Gönau."
„Gut. Also, wo waren wir stehengeblieben?"
„Beim Flädde."
„Äh, richtig. Wollen Sie übrigens etwas trinken, einen Kaffee, ein Wasser?"
„Hebbda aa än Prozeggo?"
„Prosecco? Wie kommen Sie darauf?"
„A, weje de Ramondik[17]."

---

[17] Romantik – im Dialekt *schun schääna. Finsch net?*

Dinga un Dinge

Ihnen ist möglicherweise aufgefallen, dass Sie bislang lediglich von sprachlichen, nicht jedoch von kriminalistischen Rätseln erfahren haben. Nun, zum einen kann ich bestätigen, meine Krimis spielen in einer vergleichsweise heilen Welt. Was nicht zuletzt daran liegt, dass ich – so liebend gerne ich sie schreibe – eine gewisse Abneigung habe, mir Verbrechen einfallen zu lassen. Dies gipfelte darin, dass einer meiner Krimis sogar ganz ohne Mord auskommt[18]. Dafür hat Freese in die Niederungen der Alltagskriminalität zu steigen. So bekommt er es im Folgenden mit einem mutmaßlichen Drogenbauern zu tun.

„Was haben Sie denn da hinter Ihrem Rücken?"
Fritjof Freese nahm sein Gegenüber scharf ins Visier.
„Hä?"
„Da steht doch etwas, ich sehe das doch. Sie brauchen sich keine Mühe mehr zu geben, es zu verdecken."
Der Mann tat einen Schritt zur Seite und deutete auf ein aschgraues, eimerartiges Behältnis.
„Mähne Sie des doo?"
„Ja, genau. Raus mit der Sprache: Was ist da drin?"
„Doo? Dinga[19]."
„Aha. Und Sie meinen, mit einer solchen Auskunft können Sie mich abspeisen? Und was kann man damit machen?"
„A, dinge."
„Was Sie nicht sagen! Lassen Sie mich mal sehen!"
Aufreizend langsam trat der Mann zur Seite.
„Aha. Genau wie ich dachte: ein Eimer mit einem Deckel. Sorgfältig, geradezu hermetisch verschlossen. Damit man auch ja nicht sieht, was sich darin verbirgt."
„Hä?"

---

[18] Männas! – Fünfter Fall für Mister Nochdenkerles

[19] Dünger

„Ich frage Sie ein letztes Mal: Was ist da drin?“
„A, Dinga.“
Freese fühlte sich herausgefordert. *Wollen wir doch mal sehen, wer hier den längeren Atem hat.*
„Und wenn ich Sie jetzt bitten würde, den Deckel zu öffnen?“
„Liewa net.“
„Ich weiß, warum Sie das nicht wollen. Weil etwas zum Vorschein kommen würde, was ganz schön unangenehm wäre.“
„Des stimmt alladings.“
„Aha! Sie geben es also zu: Es befindet sich etwas darin, das wertvoller ist, als es dieser Eimer vermuten lässt.“
„Hä?“
„Etwas, an dem manche Menschen ein ganz besonderes Interesse haben.“
„Hm?“
„Ich glaube, Sie haben mich schon richtig verstanden. Was manche Menschen – ich umschreibe es mal vorsichtig –, was manche Menschen gerne zu sich nehmen.“
„Dinga?“
„Nun tun Sie mal nicht so unschuldig. Manche Menschen riechen gerne daran…“
„Ealisch?“
„Andere rauchen es…“
„O, geh fortt!“
„Wieder andere verbacken es am liebsten in ganz spezielle Kuchen.“
„Hea uff! Fa waas?“
„Schluss mit dem Theater. Dann werde ich den Stoff jetzt einmal in Augenschein nehmen.“
„Alla guud. Wenn Sie des ubedingt wolle. Awwa net, dass Sie saare, isch heed Sie net gewarnnt!“

Obacht wejem Bleddlä

Die Warnung des mutmaßlichen Drogenbauern hat Freese selbstredend in den Wind geschlagen. ***Selwa die Schuld!*** *In einer anderen, gänzlich unverfänglichen Episode, was kriminelle Machenschaften anbelangt, macht Freese die fürsorgliche Umsicht eines Gastronomen zu schaffen. Er versteht sie – nun sagen wir: nicht ganz richtig.*

„Isch wollt Ihne bloß saare, mogge misse Sie bissl uffbasse. Do wolle sie bei uns bleddlä[20].“
„Interessant.“
„Isch wollts bloß gsacht hawwe, net dasses heeßt, isch heed Ihne nix gsacht.“
„Aha. Und wer wird das tun?“
Freese wollte sich keine Blöße geben, aber gleichzeitig mehr erfahren, denn es schien sich doch um einen bedeutsamen Hinweis zu handeln.
„Kää Ahnung, die kumme jo heit vun iwweraal hea.“
Jetzt war es klar, es handelte sich um ein volkstümliches Fest, offenbar ein Ereignis für die gesamte Region.
„Aber da darf nicht jeder mitmachen, oder?“
„Beim Bleddlä? Wisso? Wolle Sie des aa?“
„Nun“, antwortete Freese jovial, „das würde ich schon hinkriegen. Ein bisschen vorschlafen, gute Laune mitbringen und los gehts.“
„Heede Sie Indresse?“
„Woran?“
„A, am Bleddlä.“
„Wieso nicht?“
„Alla guud, Reschbeckt, des heedisch net awartt vun Ihne. Sauwa. Isch kimma misch. Isch schwätz glei mol mim Bellmes Walda, dea wäa zustännisch.“

---

[20] Fliesen legen

„Prima, wann gehts los?“
„A, isch schätz um halwa de siwwene. Spädeschdens.“
„18:30 Uhr, ist notiert.“
„Mooment. Moggens.“
„Oh, mal was anderes. Das kenne ich von Basel, da gibt es ja auch den traditionellen Morgenstreich.“
„Pff, Moggestreisch, des hawwe mia schun long. Bei uns wärdd imma glei moggens gstrische. Was mia hawwe, des hawwe mia. Alla!“
„Einen angenehmen Abend noch, dann machen Sie aber heute nicht mehr so lange, oder?“
„Hä? Wisso?“
„Na, wenn es morgen so früh losgeht. Sie sind doch bestimmt auch dabei?“
„Isch? Beim Bleddlä? Bin isch dabbisch? Awwa wenn Sie debei sin, gugg isch uff jedn Fall späda bissl zu.“

Aa Reha?

Auch Kommissar Günda bleibt bei seinen Ermittlungen nicht verschont von Widrigkeiten. Wenngleich er sprachlich mit den Glickerbachern auf Augenhöhe ist, gerät er bisweilen in Situationen, die ihn an seine Grenzen bringen. Über Geduld verfügt er von seinem Naturell her nur in Maßen.
In der folgenden Episode wird sie besonders strapaziert. Sogar **aiig aiig**[21]*.*
Er verfolgt seit Stunden heimlich drei verdächtige junge Männer. Die entschwinden schließlich in ein großes Fitness-Center. Kommissar Günda verbirgt sich an dessen Eingang, ahnend, dieser Abend kann noch lang werden, wer weiß, wann die Männer wieder auftauchen. Er macht seinem Gemütszustand Luft und stöhnt vernehmlich. Der Mann neben ihm scheint darauf nur gewartet zu haben:

„Aa Reha?“

Zwischen den beiden Männern entspann sich sogleich ein Dialog. Wenn auch ein einseitiger.
„Ibbrigenz, isch bin de Bärnnd. Un duä? Hä?“
„Isch? Äh, de Günda.“
Das genügte, um die vollständige Versehrtengeschichte von Bernd Lipsky zu erfahren. Kernproblem waren vor allen Dingen *die Bähna*. Gelenke, Knochen, *alles hie*[22]. Etliche Ärzte hatten sich schon an ihm versucht, nicht einer hatte das Richtige getan. Es folgte ein niederschmetterndes Ranking der in der Region niedergelassenen Ärzte: „Die kannsch alle de Haase gewwe. Alle. Duasch die Bonk. Ähna wie de anna.“
Kommissar Günda spähte zwischendurch immer wieder in das Gebäudeinnere. Keiner der Verdächtigen tauchte auf.
„Dodebei, geränscht[23] binnisch worre, isch kann da saare. Was

---

[21] faszinierend: einmal fungiert *aiig* als Adjektiv, einmal als Adverb
[22] kaputt
[23] geröntgt

isch schun geränscht worre bin. Uumeeglisch. Un was hots gebrocht? Nix. Odda? Odda? Hä? Awwa dass ähns mol klaa is, obariere loss isch misch net. Net vun denne Hannebambl[24]. Do kannisch jo glei de Leffl[25] abgewwe. Odda? Hä? Odda? Hä? Günda?"

Mit jedem *Hä* stupste er Kommissar Günda an. Der nickte ergeben.

„Awwa mähnsch du, die schreiwe misch kronk? Mähnsch du des? Hä? Hä? Günda! Im Leewe net. Do mussisch schun mim Wersching[26] unnam Aam ookumme. Schaffe deafisch. Des deafisch. Du aa, odda? Odda? Hä?"

Geradezu unmenschlich sei das. Dabei fiel ihm doch schon lange alles schwer: *laufen*, *stehen*, *liegen*.

Bloß des Babble net, dachte Kommissar Günda.

„Un donn saare die vun de Kass: Sportt, des sollisch mache. Isch? Sportt? Mit denne Bähna. Mit demm Knie. Mit denne gabuddene Fieß[27]. Sportt? Hä? Awwa was sollischn mache? Hä? Des froorisch disch. Odda?"

War er zu Anfang genervt, so faszinierte Kommissar Günda zunehmend die rhetorische Technik seines Gegenübers, jeden Satz, jedes Wort in eine Frage münden zu lassen. Noch hatte er kein System erkennen können, in welcher Reihenfolge *odda* und *hä* kombiniert wurden.

Plötzlich schwieg sein Gesprächspartner. Hatte er etwa seinen Einsatz verpasst? Vorsorglich nickte er mehrmals. Bernd Lipsky holte hörbar Luft: „Un jetz stehe mia doo. Mia zwee. Du aa. Odda? Odda? Hä?"

Kommissar Günda überlegte kurz. Vielleicht könnte ihm sein

---

[24] Kasper

[25] Löffel

[26] Kopf

[27] kaputte Füße – auf diese lautmalerische Weise lässt sich sogar aus dem unscheinbaren Wörtchen *ab* ein Adjektiv zaubern: *Die Hos hot än abbene Knobb* – An dieser Hose fehlt ein Knopf.

neuer Bekannter nützlich werden, etwa, wenn es galt, unauffällig in ein Gespräch vertieft zu erscheinen. Obwohl, unauffällig? Er setzte zu einer abschließenden Entgegnung an. Sein Gegenüber kam ihm zuvor: „Alla, isch muss donn mol widda. Swaa indressant mit dia. Odda? Hä? Odda?"
Stöhnend wandte er sich der Drehtür zu: „Sportt. Pff. Hea ma uff mit Sportt. Pff. Isch geh ind Sauna."
Als hätte er das Wichtigste vergessen, drehte er sich noch einmal um und schaute Kommissar Günda prüfend an: „Gehsch mit? Hä? Hä? Odda?"
„Isch hab nix debei, leida!", antwortete Kommissar Günda, erleichtert, eine triftige Ausrede gefunden zu haben. Er hatte nicht mit Bernd Lipskys Umsicht gerechnet: „Des mescht nix, die leiä dia än Debbisch[28], hä? Kää Probblähm, isch kläa des, odda?"
„Äh, vleischt späda, loss disch net uffhalde!" Kommissar Günda fürchtete nun doch um die weitere Gestaltung des Abends. „Isch muss korzz telefoniere. Äh, isch mähn long. Aiig long."
„Alla. Isch bin im Blockhaus. Hunnatzäh Graad. Drunna bringt des nix. Odda? Odda?"
Sprachs und entschwand, ein letztes stummes *Hä* auf den Lippen.

[28] Handtuch – reichlich irritierend für jeden Zugezogenen, wenn man ihm rät, er solle beim Schwimmbadbesuch nicht den *Debbisch* vergessen. Muss der doch mutmaßen, man legt sich hier nicht hin. Man rollt sich ein.

D-Marioon[29]

Es ist an der Zeit, eine Frau zu würdigen, die eine wichtige Rolle in Glickerbach spielt. Vor allem für Kommissar Günda. Dass der sich in seiner Sokodo so wohl fühlt, hängt zunächst damit zusammen, wie unabhängig und selbstbestimmt er hier zu Werke gehen kann. Nicht zuletzt jedoch erfreut er sich an der vorzüglichen Betreuung durch die Wirtin im Roten Ochsen. Marion Helche ist eine patente junge Frau, die das Herz auf dem rechten Fleck, ihre Gastwirtschaft voll im Griff, dabei aber stets ein offenes Ohr für ihre Gäste hat: „Sticklsche Kuche, Tschief? Riwweles-kuche[30] heedisch, gonz frisch gebagge."

Kommissar Günda ist alleinstehend und hat nie so recht Glück mit den Frauen. Schüchtern könnte man ihn nennen, fast **bissl schennant***. Gegenüber Marion Helche hat er, um das gleich klar zu stellen, rein väterliche Gefühle. Sie ist für ihn die gute Seele, die er gerne sieht und der er sich auch einmal anvertrauen kann. Gerade, wenn ihn Begegnungen wie die eben geschilderte nachdenklich stimmen.*

„Was is de Mensch?"
Kommissar Günda stützte den Kopf auf seine rechte Hand und schaute erwartungsvoll in Marion Helches Richtung. Die schien ihn nicht gehört zu haben.
„Isch sach ouououou."
Das war eindringlich genug, nun endlich blickte sie fragend in Kommissar Gündas Richtung.
„Was gibtsn, Tschief? Probblähme?"
„Net direkt."
„Isch kumm glei riwwa, gradn Moment."
„Bfff…"

---

[29] Der Name wird im Dialekt grundsätzlich mit einem Artikel versehen. Warum, das bleibt rätselhaft.
[30] Streuselkuchen

Mit geübten Handgriffen verlieh sie Zapfhahn, Spüle und Tresen den gewohnt ansprechenden Glanz und schleuderte das benutzte Tuch gekonnt in den dafür vorgesehenen Eimer, gut drei Meter von ihr entfernt.
Selbst das vermochte Kommissar Günda nicht aufzuheitern.

„Hm? Was ischn lous?“ Marion Helche zog einen Stuhl vom Nebentisch heran und setzte sich dem Hadernden gegenüber: „Kumma?“
Kommissar Günda nickte.
„Wisso? Was issn bassiat?“
„Nix. So hald. Isch hab so bissl des aame Dia[31]. Kennsch du des aa?“
„Hajo, Tschief, regglmäßisch.“
„Mach Sache. Isch eigendlisch net. Koomisch.“
„Tschief, in demm Alda kummt des bei de Männas als. Des is nommaal.“
Sie legte die Stirn teilnahmsvoll in Falten.
„Bidde?“ Kommissar Günda musste sich keine Mühe geben, Entrüstung zu zeigen. „Was heeßtn des, *in demm Alda*?“
„S is wies is, Tschief. Die Hoa wachse nimmi sou, blouß noch in de Oa un in de Naas. De Ronze geht dodefoa aussenanna.“
Kommissar Günda blickte instinktiv an sich herab.
„Sie sin hall nimmi jung, Tschief! Isch vasteh des. Do denkt ma schun so bissl nooch. Was so alles waa.“
„Hm.“
„Was hätt soi kenne.“
„Hm.“
Marion Helche blühte regelrecht auf.
„Was nimmi geht.“
„Hm.“
„Was nimmi wärdd.“

[31] das arme Tier

„Hm."
„Was noch kummt."
„Hm."
„Vleischt."
„Hajo."
„Wemma aiig viel Glick hot."
„Weesch was, Marioon? Jetz geht mas schun glei bessa. Donge!"

Marion Helche strahlte: „Gärnn gscheä. Un wenn widda mol was is …"
„Weeß isch Bscheid, vun wemm isch des Dedetee krigg."
Kommissar Günda nahm sich vor, die therapeutischen Fähigkeiten der Wirtin nicht weiter in Anspruch zu nehmen: „Awwa jetzat ärschda mol …"
„Ä Bierle?"
„Gönau."

Falls Sie sich über Kommissar Gündas Offenheit wundern, mir ist sehr daran gelegen, nicht das Vorurteil zu bedienen, Dialektsprecher seien schlichte, tumbe Gemüter. Kommissar Günda verdankt seinen Spitznamen Mister Nochdenkerles eben nicht nur der Tatsache, dass er sich erfolgreich in kriminalistische Rätsel vertiefen kann, er vermag zudem, über sich und das Leben nachzusinnen, und er weiß aus Erfahrung: Was nitzt des beschde Wedda, wenns reat[32].

---

32 regnet – Sie werden zugeben, *wenns regnet*, das klingt wie eine Bauernregel, *wenns reat* wie Poesie.

Des ooschde o

Auch Fritjof Freese weiß Marion Helche zu schätzen. Was bereits darin begründet ist, dass er für hübsche junge Frauen einen Blick hat. Er verfügt zudem über ein ansehnliches Arsenal an bewährten Strategien, wenn es darum geht, Kontakt zu knüpfen. Marion Helche indes macht es ihm nicht leicht. Doch sein gesundes Selbstbewusstsein bewahrt ihn vor dem voreiligen Aufgeben. Für Freese steht nun einmal fest, sobald er einer Frau den Rücken zudreht, schießt es ihr automatisch durch den Kopf:
Aldale! Demm soin Bobbes[33]? Kamma losse![34]
In der Sache ist er davon jedenfalls zutiefst überzeugt. Sprachlich würde er freilich den Sachverhalt gänzlich anders ausdrücken mangels entsprechender Mittel, aber ich konnte an dieser Stelle einfach nicht umhin, mit dieser wunderbaren Dialektformulierung aufzuwarten.
Freese, der Hartnäckige, verfolgt in der nächsten Szene eine Doppelstrategie: Dialekt lernen und seiner Lehrerin näherkommen.

„Soot[35], Härr Freese." Marion Helche nahm ihren Schüler prüfend ins Visier, als sie sich zu ihm an den Tisch gesellte. „Wolle Sie des wiaklisch? Unsan Dialekt lärnne?"
„Auf jeden Fall. Und eine bessere Lehrerin kann ich mir nicht vorstellen."
„O, hea uff! Do binnisch ma noch net so sischa. Allo. Vasuche kammas jo. Dann deed isch saare, fange ma glei mol oo. Isch hab mia iwwalegt, ärschdi Lekzioon: Ffokkaale. Was is de wischdigschde Ffokkaal, wu mia hawwe?"
„Keine Ahnung."
„Des oo. Vum oo kummt alles, zum oo geht alles. Klähni Laut-Iiwung[36]: oa! Anna Rischdung: oue! De Klang vum oo is

---

[33] Po
[34] wörtlich: Kann man lassen! Stets ein großes Kompliment.
[35] Von mir aus kann es jetzt losgehen – in gerade einmal vier Buchstaben!
[36] Übung

abhängisch vun de Umgebbung. Ä leischdes *än* beispielsweis, des soiigt fa soä lässisches *dorttnoo*[37]. Gonz annaschda klingt des oo bei soämme mäschdische bee wie *Obbscht*. Insgsamt hawwe mia sechsäzwonzisch vun denne oo. Awwa des is grad die Theoorii. Uns gehts jo um die Praxis, ums Spreschle. Stehe Sie mol uff. Gehe Sie mol newa denn Disch. Voa misch. Soot. Allo, wu hoggt[38] des oo?"
„?"
„Guggema ärschda mol bei Ihne. Saare Sie des mol: oo."
„O."
„Ou! Des o, des bamblt[39] bei Ihne irgendwu zwische de Oaläpplin. Awwa wu gheat des noo? Isch zeigs Ihne mol. Des kamma heere, des kamma fihle, vleischt kenne Sie des soggaa sehe. Obacht: ooo, oooo, oooooo. Prowiere Sies mol: oooooo."
„Ohhhh."
„Ä-ä. Nochmol."
„Ohhhhh?"
„Nää. Des oo, des packt, des a-schüddat[40] kwassii die gonz Bruscht. Leje Sie des oo mol voll nei in die Bruscht."
„Ohhhhhh."
„Des gibt nix."
„Sage ich doch."
„Langsoom. Net glei uffgewwe, Härr Kommissar."
Marion Helche legte die rechte Hand auf Freeses Brust. Der hob verwundert die Brauen.
„Kää Ängscht. Isch mach Ihne nix. Nochmool. Un droo denge, die gonz Bruscht oot mit."
„Ohhhhhh."
„Wisse Sie, was isch grad bei Ihne spiire du?"

---

37 dorthin

38 sitzt

39 baumelt – damit ist auch geklärt, was es bedeutet, wenn von Männern und deren *Gebambl* die Rede ist.

40 erschüttert

„Na?“
„Nix. Des is jo des Probblähm. Jetz mache ma des mol annaschda[41]. Gewwe Sie ma mol die Hand. Die Batschhand!“ Sie packte seine Rechte, und ehe er sich versah, legte sie sie sich auf die Brust. „Des hot jo kähn Docht. Do mussisch bissl improffissiere. Dialekt, des muss ma fihle. Doo: ooooooo.“
Freese wirkte verunsichert. Was sich rasch legte.
„Meiike Sie was? Oooooooooo.“
„Nein.“
„Als noch net? Oooooooooooooo.“
„Nein.“
„Des gibts jo net. Awwa jetzat: Ooooooooooooooooo.“
„Tut mir leid, ich spüre nichts, Frau Helche. Aber – es fühlt sich gut an.“

---

[41] anders

Unn? Kennsch misch noch?

Was überraschen mag, Kommissar Günda und sein Assistent Freese, diese in jeder Hinsicht höchst unterschiedlichen Typen harmonieren bei der Arbeit erstaunlich gut, sie ergänzen sich und wissen einander nach anfänglichen Anlaufschwierigkeiten zu schätzen. Das kann bei Kommissar Günda durchaus handfest werden: „Geh mol hea, Freese! Loss disch mol drigge!"

Die Zeiten, da der seinen Chef ob des Dialektsprechens unterschätzt hat, sind sehr bald vorbei, und auch Kommissar Günda hat schnell erkannt: „Moin Frischling, dea ist gaa net so vakeat."

Wenn sie sich gemeinsam einem Verdächtigen widmen, muss der sich also warm anziehen. Es kann aber auch vorkommen, dass beide überrumpelt werden.

„Des gibts net! Isch wärdd Härsch[42]!"
Kommissar Günda schaute in das strahlende Gesicht eines mittelgroßen, mittelschweren Mannes mittleren Alters.
„Unn? Kennsch misch noch?"
In Gedanken ging der Kommissar die Kartei der unzähligen im Laufe des Lebens Verlorenen und Vermissten durch und entschied sich, um Zeit zu gewinnen, für die Offensive.
„Klaaro. Bruusl[43], Hochsischaheitsdrakt, dridda Stock, hinne reschts."
„Hahahahaaa! Kumm hea, loss disch mol drigge! Des muss gfeiat wärre. Auf! Wärsch eiglade. Doin Soohn, hä? Sauwa! Denn nemma grad mit!"
„De Freese, moin Soohn? Des wüssdisch awwa …"
Doch diese Richtigstellung ging bereits im Vorfreudentaumel unter. Die gegenüberliegende Metzgerei Hornig wurde zur

---

42 wörtlich: Ich werde Hirsch – Ausdruck großer Überraschung
43 Bruchsal – gemeint ist das dortige Gefängnis für die schweren Jungs

unverhofften Wiedersehensfeier auserkoren, und noch ehe einer der beiden Überrumpelten etwaige Bedenken äußern konnte, galt es, die Bestellung aufzugeben.
„Unn? Was kriggdan, Buuwe?“
„Isch nämm die Rindsworscht.“
„Un ihr zwee?“
„Die aa!“
„Un dodezu?“
„Weck.“
„Un dodezu?“
„Kraut.“
„Un dodezu?“
„Sempf.“

Weder Kommissar Günda noch sein Begleiter mussten Wesentliches zu dieser Feierstunde der besonderen Art beitragen. Eine Anekdote reihte sich an die andere. *Weesch des noch? Gedenkt dia des noch? Un jetz des Beschde!*
Kommissar Günda wusste die nicht enden wollenden Episoden mit Bemerkungen wie *Hammia glacht!* oder *Des derfsch kähm vazehle!* trefflich zu würzen.
Das Bild seines Chefs nahm erstaunliche Konturen an. Etliche Schilderungen ließen Freese an *Hangover I* bis *III* denken. Dabei handelte es sich nicht etwa um aufschneiderische Erzählungen in trunkener Runde. Die Metzgerei Hornig verfügte bei Getränken nur über eine begrenzte Auswahl. Man entschied sich für *Kakkaoo*. Mit Strohhalm. Ohne Freese.

„Hea uff, isch kann nimmi!“
Schon mehrfach hatte Kommissar Günda diesen schönen Schluss erfolglos angeboten. Dank der resoluten Erika Hornig war er diesmal von Erfolg gekrönt.
„Männas, Feiaoowed!“
„Schun? Noch ää Rindsworscht, soä klähni. Bidde!“

„All."
„All all?"
„All all."
„Alla guud!"

Vor dem Schaufenster mit dem lachenden Schweinskopf herzte man sich ein letztes Mal und versprach einander das baldige Wiedersehen: „Dann awwa mit Foddoo. Un Ffiddeoo!"
„Uubedingt!"

Fritjof Freese wunderte sich, wie entspannt und vergnügt Kommissar Günda trotz dieser Enthüllungen vor den Ohren seines Assistenten blieb. Das sprach für ein ungewöhnliches Vertrauensverhältnis. Freese fühlte sich geschmeichelt und mochte sich eine abschließende Frage nicht verkneifen.
„Tschief?"
„Hm?"
„Wer war das eigentlich?"
„Frog misch mol was Leischdares!"

Im Leewe net[44]!

Ganz abwegig ist es nicht, dass die Wiedersehensfreude der vorherigen Episode begründet war, denn Kommissar Günda hat tatsächlich eine Glickerbacher Vergangenheit. Zu Zeiten, da er mit seiner Huddl[45] die Kurpfalz durchstreifte, hat es hier ein Mädchen gegeben, in das er sich ***bissl vaguggt*** *hat: Sabine. Im Dialekt ist die Ausprägung dieses Namens zugegebenermaßen nicht ganz gelungen: Man sagt hier* ***D-Ssabbl****. Der Zischlaut kann gar nicht scharf genug gesprochen werden.*

Sie hatten sich aus den Augen verloren. Genauer, er hatte sie aus seinem Gedächtnis gestrichen, nachdem sie ihn verlassen hatte. Auch das traf den Kern nicht. Sie konnte ihn nicht verlassen haben, denn sie waren ja nicht einmal zusammen gewesen.
Obwohl …

Über Wochen hatten sie zielstrebig die Nähe des anderen gesucht. Samstags, im *Heaven*, ehemaliger Bahnhof, später über die Stadtgrenzen hinaus berühmte Diskothek in Glickerbach. Anfangs vor der Eingangstreppe, wo er sich wie zufällig herumgedrückt hatte, bis sie aufgetaucht war. Drei Stufen zum Himmel.
Später hatten sie einander auch in der schwülen, rauch- und nebeldurchtränkten Enge des ehemaligen Bahnhofsfoyers gefunden. Mit bauschigen Stoffen abgehangen, um auch ja keine frische Luft zuzulassen. Im fluoreszierenden Schein des Schwarzlichts, das sie geradezu überirdisch anziehend hatte erscheinen lassen.

Ein einziges Mal hatte er sich ein Herz gefasst und sie zum Tanzen aufgefordert. *Time Machine*, Beggar's Opera, ein

---

[44] Niemals!

[45] Kleinkraftrad

Rockklassiker, über sieben Minuten lang. *Obdimal.*
„Unn? Machemas?“, hatte er gerufen und sie die Hände fragend hinter die Ohren gelegt.
„Isch hab gsacht: Unnä? Machemawas?“
Die ersten Takte waren vorbei, gleich würde der Beat einsetzen. Sie hatte lauthals gelacht, was man sehen, aber in diesem Lärm nicht hören konnte. Und er hatte ihr mit der rechten Hand bedeutet, er würde sich jetzt ein Bier holen. Aus Sorge, sie könnte über ihn gelacht haben, weil er tanzen wollte. Was er ja überhaupt nur ihr zuliebe erwogen hatte.

Das erste längere Gespräch hatten sie in einer Sommernacht geführt, als er eine Panne vortäuschte, während sie ihr Fahrrad unmittelbar an ihm vorbeischieben musste.
„Bisch du vun do?“, hatte er gefragt und damit gleich auf Anhieb sein gesamtes, sorgfältig erwogenes Dialogrepertoire verschossen.
Grinsendes Nicken.
„Isch net.“
Sie hatte mit den Achseln gezuckt, die linke Hand gespreizt, die rechte Augenbraue gehoben. Er war fasziniert von ihrer Körpersprache. Und er verstand.
Egaal, mescht nix.
Sie lachten einander an.

Bei ihrer nächsten Begegnung brach sie ihm das Herz.
Er entdeckte sie in einer Ecke, knutschend mit dem Sohn des Betreibers. Ihre Blicke trafen sich, sie zuckte mit den Achseln. Und er verstand.
So hald. Stöats disch?

The first cut is the deepest hatte Rod Stewart zu diesen Zeiten aus jedem Radio geplärrt, und er hatte es gehasst. Nicht nur, weil diese Schmonzette so gar nicht seinem exquisiten Rockge-

schmack entsprach, sondern weil dieser Sänger es wagte, seine Geschichte öffentlich zu machen. Alle mussten doch wissen, wer gemeint war.
Ein bisschen Trost fand er schon damals bei *de Donde*[46] Lisbeth.
„Was ischn lous, Buuwl? Vazehl mas narre![47]“

Er hatte ihr beim *Kärscheplotza*[48] sein liebeskrankes Herz ausgeschüttet, und sie vermochte tatsächlich, ihn besser als jeder andere zu trösten:
„Ähni vun Gliggabach? Oh liewi Zeit! Im Leewe net!“

---

[46] Tante

[47] Erzähl mirs nur!

[48] hiesige Kuchenspezialität

Diese Episode aus Kommissar Gündas tiefster Vergangenheit mündet Jahrzehnte später in den hier folgenden Showdown. Zumindest **halwa**[49].

Wittsie?

Denn Kommissar Günda hat Sabine auch Jahrzehnte später nicht vergessen, und so erwägt er irgendwann, sich auf Spurensuche in Glickerbach zu machen.

Ihre Adresse hatte er sofort im Kopf, das Gebäude vor Augen. Allein, er hatte doch Mühe, die Straße zu finden. Er wartete, bis ihm zwei Frauen seines Alters entgegenkamen. Immer eine riskante Einschätzung – *Isch? Gummi-Twist? Isch glaab s-hackt!*
Jedenfalls schienen die beiden ortskundig.

„Äh, Sie wärre entschuldische, *Kraischgaustrooß*, wu finnischn die?"
„Zwemm?[50]"

Tja. Zu wem wollte er eigentlich? Nach bald 20 Jahren? Am Ende wohnte jetzt ihr Bruder dort. An den hatte er keine guten Erinnerungen.
„Wittsie?[51]", hatte der ihm immer wieder glaubhaft entgegengeschleudert, als er ums Haus gekurvt war in der Hoffnung, sie zu sehen.
„Ich geb da glei!", hatte Kommissar Günda unerschrocken dagegengehalten und sich dann doch lieber vorsichtshalber entfernt.
War nun die Zeit gekommen, die alten Versprechen einzulösen?

---

[49] faschd – äh: fast

[50] Zu wem? Bedeutet überdies: *Babbl net lang rum!* Schließlich kennt die Ortskundige hier jeden.

[51] Wörtlich: Willst du sie? Gemeint sind Schläge.

Hallole, ich bins, de Günda. Hosch grad bissl Zeit? Nänää, nix Bsunnares. Isch waa grad in de Nee un denk, isch kumm mol voabei un geb da endlisch de Frack voll, wie isch das dorttmols vasproche hab. Dud ma leed, dasses so lang gedauat hot, awwa sis imma was dezwische kumme. Du weesch, wies is. Wäas rescht jetzat?

Was wollte er überhaupt erfahren? Dass er ihr doch etwas bedeutet hatte? Das ließ sich doch viel schöner ausspinnen.

„Allo, zwemm?“
„Äh, was annares[52], was seschtn die Ua?[53]“
„Glei zwelfe.“
„Ou, dann mussisch awwa. Servela[54].“

Ein wenig verdutzt schauten sich die Frauen an, als sich der Kommissar abrupt abwandte.

„Isch kenn denn. Bollezei. Wejem Schorle-Peda.“
„Hea uff! Hot dea net mol was mit de Ssabbl ghabt?“

---

52 **die** Kurpfälzer Überleitung schlechthin: *and now something completely different.* Ein Versprechen, das meist eingelöst wird.
53 was sagt denn die Uhr?
54 eigentlich eine Wurstsorte, hier eine betont lockere Verabschiedung

Diskrääzioon[55]

Sie gehört zu den Dingen, die in Glickerbach klein geschrieben werden. Sehr klein. Exemplarisch dafür: Kommissar Gündas Begegnung mit einem Unbekannten in einer Apotheke.

„Hosch die Kränk?"

Zur Klarstellung: *Hosch die Kränk?*, das bezieht sich auf harmlose Krankheiten wie *bissl vakält*[56]. Stehen beim Angesprochenen erkennbar Schmerzen im Vordergrund, lautet dagegen die durchaus mitfühlende Frage: *Hoschä Wehwehle?*
Entsprechend beklagt man an dieser Stelle *Kopfweh*, *Zoohweh*, *Maageweh*. Oder man hat es – wie die meisten – *im Kreiz*.
Geht es um ernsthafte, schwerwiegende Erkrankungen, heißt es *Bisch malaad?* Dies mündet in ein eher vertrauliches Gespräch. Meist.

„Isch sach grad, hosch aa die Kränk?"

Ein feiner Unterschied hat sich bei dieser Fragewiederholung eingeschlichen, der dem aufmerksamen Leser kaum entgangen sein wird.
Isch sach grad rechtfertigt die erneute Frage durch den dezenten Hinweis, dass eine Beantwortung noch immer aussteht. Der entscheidende Unterschied besteht im eingeschobenen *aa*. Wäre es bereits auf die erste Frage *Hosch die Kränk* zu einer befriedigenden Antwort gekommen, etwa *Isch bin als so mied*, hätte die Replik vermutlich gelautet: *Des kennisch aa. Hea, isch kehnt als razze*[57] *bis hinnewedda!*

---

[55] muss man nicht übersetzen, oder?

[56] Wir arbeiten manchmal mit Zusatzkonsonanten.

[57] schlafen

Da der Angesprochene hier nicht gleich Auskunft über den Grund seines Apothekenbesuchs erteilt, erkundigt sich der Fragende nun also erneut, diesmal schon hinweisend auf eigenes Malheur: „Gabuddene Fieß! Weesch, wuhea isch des hab? Hä? Vun de Ooma. Vähdalischaseits. Isch kannda saare, die hot als Malea ghabt …“

Während er ausholte, war der Mann plötzlich beträchtlich näher gekommen. Kommissar Günda schwante nichts Gutes. Er scheute Berührungen nicht grundsätzlich, aber es gab eine Grenze. Was er überhaupt nicht mochte, das war das *Oodatsche*. Wenn jede Bemerkung eingeleitet wurde durch einen besitznehmenden Griff. Vielleicht nur am Unterarm, der, sei es auch lose, so doch gepackt wurde, um sich des anderen zu vergewissern.

Dieser Mann war, wie sich herausstellte, ein solcher *Oodatscha*. Einmal die Berührungsgrenze überschritten, unterließ er es fortan nicht mehr, bei jedem Satzanfang erneut zuzuschnappen. Denn die Hand ruht beim *Oodatscha*, wie der Begriff schon verrät, nicht etwa auf dem anderen, nein, sie sucht stets nur kurz den intensiven Kontakt, zieht sich dann wieder zurück, während ihr Besitzer den Gedanken zu Ende bringt, um nach der nächsten kurzen Zäsur dem Adressaten sogleich wieder zu nahe zu kommen, auf dass der niemals die Aufmerksamkeit vermissen lasse.

Der gemeine *Oodatscha* bemerkt seine ständige Kontaktaufnahme nicht. Ein Dilemma, gebietet es doch die Höflichkeit, ihn gewähren, es über sich ergehen zu lassen.
Die Apothekerin kam ungewollt zu Hilfe.
„Was derfsen soi?“

„Nix, isch kumm grad Bluudruck[58] fa zum messe[59].“

Während *de Oodatscha* die nächsten Minuten in engem Kontakt zum Blutdruckmessgerät verbrachte, konnte sich Kommissar Günda ihm endgültig entziehen und sein Anliegen bei der ausnehmend bemühten und überdies sehr ansprechenden Apothekerin vorbringen.
„Isch such, wie willischensaare. Fa äldare Leit … so was wu …“
„Kä Probblähm, schun klaa, isch habs vastanne: *Ffiaagra.* Mia hawwe Inschdänt, Eckschdra Forddä odda ganz neu … grad än Moment“, sie drehte sich in Richtung der zahlreichen Schränkchen, wo sich eine vollschlanke Dame zu schaffen machte, die Kommissar Günda irgendwie bekannt vorkam. „Conschdanze, hawwe mia noch vun demm neie *Ffiaagra Depoo* do?“
Und noch ehe Kommissar Günda etwas richtigstellen konnte, zeigte sich auch diese Dame überaus hilfsbereit: „Mussisch bschdelle, kä Probblähm. Isch brings mogge Oowet mit in de Rode Ochse un gebs de Marioon. Mia hawwe widda Stammdisch.“

---

[58] zwei Fehler sind keine: 1. das *t* fällt weg – wie bei *brauch kähna*
[59] 2. die Wörter sind nicht etwa durcheinandergepurzelt, *des gheat so.*

Gerüschdales

In Glickerbach kennt jeder jeden. Und weiß genau, warum er den nicht mag. Scherz! Nein, nein, so ist es mitnichten.
Vielmehr wechseln die Allianzen ständig.
Eine wichtige Rolle spielen dabei Gerüchte: ***Hoschun gheat?***

Auch in Glickerbach interessieren am meisten die *Wer*-Fragen. Wer ist verstorben? Wer hat wen enterbt? Wer spricht nicht mehr mit wem? Wer ist *aiig uff wenn*? Und wer geht *newenaus*[60]?
Muss sich der Großstädter damit begnügen, alles über vermeintlich Prominente in einschlägigen Magazinen zu erfahren, so hat der Kleinstadtbewohner den gewaltigen Vorteil, genügend für Klatsch und Tratsch in Frage Kommende persönlich zu kennen. Und tagtäglich unter Beobachtung zu wissen.
Denn auch auf lokaler Ebene gibt es Prominenz. Früher schuf die schon das Amt: *de Schulmeischda*, *de Viehdogda*, *de Parra*, *de Abdeega*, *de Arzzd*, *de Bürgameischda*. Und natürlich automatisch *derre ihre*[61].

Mit dem Niedergang der Wertschätzung öffentlicher Amtsträger ist deren herausgehobene Stellung verschwunden. Zwei Möglichkeiten gibt es mittlerweile noch, sich der Aufmerksamkeit aller sicher zu sein: Reichtum – immer ein Garant für als Bewunderung getarnte Begehrlichkeit – oder ein schillernder Lebenswandel.

In Glickerbach findet sich genau besehen weder noch. Kein Lottogewinner, kein Lotterdasein.
Dadurch ändern sich die Maßstäbe. Bereits geringfügige Auffälligkeiten können den Abweichler ins Zentrum des allge-

---

60 hat ein Verhältnis – *neben* und *raus* werden hier elegant kombiniert.
61 deren Ehefrauen

meinen Interesses rücken. So zehrt Rolf Heinzmann noch Jahrzehnte später von einem einzigen, nicht einmal einminütigen Fernsehauftritt. Gerade 18 geworden, war er mit Freunden nach Berlin gereist, just, als sich dort die Grenze öffnete. Zahllose Kamerateams waren unterwegs, die historische Stimmung einzufangen. Plötzlich sah sich Heinzmann, wie die allermeisten nicht mehr ganz nüchtern, einem Mikrofon gegenüber. Ein eifriger Reporter stellte ihm eine fast schon philosophische Frage: „Wie wird sich das Leben ändern? Jetzt, ohne Mauer?"

Woraufhin Rolf Heinzmann mit einem legendär gewordenen, im Nachhinein geradezu prophetisch anmutenden Zwei-Wort-Satz antwortete: „Maua? Kennischnet."

In der breiten Öffentlichkeit ging das unter. Es gab damals auch keine Medien, darauf spezialisiert, Kuriositäten weltweit zu verbreiten. Dennoch, in Glickerbach hatte man das sehr wohl gesehen, und die Kunde hatte lauffeuerartig die Runde gemacht. So fand sich Heinzmann bei seiner Rückkehr unversehens umjubelt.

Zuerst schwankte er, wie die Reaktion seiner Heimatstadt zu deuten war. Hatte er sich blamiert? Nahm man ihn auf den Arm? Dagegen sprach das allgemeine Schulterklopfen, dem so manche Einladung zu einem gemeinsamen Umtrunk folgte. Sein Auftauchen sorgte nicht selten für regelrechte Euphorie, die die Begeisterung über die nahende Wiedervereinigung Deutschlands bei Weitem in den Schatten stellte.

Anfangs suchte er zu erklären, mehr noch, zu entschuldigen, wie es überhaupt zu seiner Aussage gekommen war. Für ihn hatte damals kein Zweifel bestanden, dass es sich bei der Mauer-Frage um das gleichnamige Städtchen oberhalb von Leimen handelte. Denn es traf sich, dass wenige Wochen zuvor ein Handballspiel die Glickerbacher in ebendieses Mauer geführt hatte, wo ihnen gleichermaßen überraschend wie unverdient eine herbe Niederlage bereitet worden war. Zweiter Kreisläufer: Rolf Heinzmann. Zu frisch schien die Schmach, um sich nun, fern der Heimat, daran erinnern lassen zu müssen. Wie einst die Gallier den Ort ihrer historischen Niederlage gegen die Römer aus ihrem Gedächtnis getilgt hatten, so hatte Rolf Heinzmann tief in seinem Herzen beschlossen, Mauer ein für alle Mal zu vergessen. Kaum war ihm dies gelungen, *kummt do soän Hannebambl, froocht misch dodenooch.*

So blieb ihm nur die ehrliche Antwort.
Maua? Kennischnet.

Heinzmanns umständliche Erklärung stand in keinem Verhältnis zur Kürze und Prägnanz seiner historischen Aussage. Hob er damit an, wurde bald abgewunken.
Losses!

Und es dauerte nicht lange, bis ihm aus dieser winzigen Episode ein lebenslanger Spitzname erwuchs.
In Glickerbach war er fortan nicht mehr *de Rolf*, nicht *de Häänzmonn.*
Hier war er für alle Zeiten nur noch *de Kennischnet.*

Er ist ein klassisches One-Hit-Wonder, **de Kennischnet**. *Dieser durchaus vielversprechende Charakter spielt bislang nur im ersten Fall mit. Schade eigentlich.*
Anders eine weibliche Figur, die mich schon mit ihrem ersten Auftauchen fasziniert hat. Sie gehört zum Stammpersonal. Das überkommene Vorurteil, Dialekt klinge in unserer Region bei Frauen gelegentlich etwas schrill, erfährt durch sie immer wieder neue Nahrung.

SCHRILL??? ISCH GEB DA GLEI MOL SCHRIILLL!!!

Ja, sie ist ein akustisches Großereignis, und da ist sie: unsere, Ihre

Gertrud Menzlerschweikert

Im weitesten Sinne eine Kollegin unserer Ermittler, auch sie kämpft für Recht und Ordnung. Wer dagegen verstößt, bekommt nicht nur die Härte des Gesetzes, sondern auch die volle Wucht ihrer Stimme zu spüren.

Doch zunächst hat ein männlicher Bewohner Glickerbachs das Wort. Die Episode beginnt mit seinem Lieblingssatz gegenüber Fremden. Sie spielt in einer frühen Phase der Sokodo, die beiden Ermittler sind gemeinsam unterwegs.

„Do derfe sie net paiike!“
Eine belegte Stimme ertönte aus dem geöffneten Fenster des oberen Stockwerks eines gepflegten Fachwerkhauses, vor dessen Eingang ein aufwendig restauriertes Oldtimer-Cabrio stand.
„Wir wollen hier auch gar nicht parken“, erwiderte Fritjof Freese konziliant.
„Do derfe sie net paiike!“
„Schauen Sie, das ist gar nicht unser Fahrzeug, dementsprechend sind wir für Sie der falsche Adressat.“
„Do derfe sie net paiike!“
„Verstehen Sie kein Deutsch, sitzen Sie auf Ihren Ohren?“

Die Situation drohte zu eskalieren. Der unnachgiebige Bewohner des ersten Stocks machte gar Anstalten, den nächstbesten Blumentopf in Richtung des Uneinsichtigen zu schleudern.
Es oblag Kommissar Günda, die Lage zu beruhigen. Er schob sich an Freese vorbei und deutete auf das Cabrio.
„A, wua rescht hod, hodda rescht. Stimmt! Do derfe sie net paiike!"
„Gönau, do derfe sie net paiike", echote der erste Stock, und der Blumentopf wanderte wieder an seinen angestammten Platz auf der Fensterbank.

„Ist das normal hier? Krieg der Blumentöpfe wegen eines nicht korrekt geparkten Autos? Am Ende herrscht hier auch noch Blutrache."
„Abrobboo", unkte Kommissar Günda und deutete in die entgegengesetzte Richtung.

Jetzt, liebe Leser und Leserinnen, bitte, die Ohren bereit machen!

„IST DAS IHR FAHRZEUG?"
Eine schon durch ihre schmucklose Fantasieuniform als solche ausgewiesene Gemeindevollzugsbeamtin hatte sich dem Schauplatz eiligen Schrittes genähert und musterte die Szene streng bis missbilligend.
„DA DÜRFEN SIE NISCHT PAIIKEN!"
„Stimmt, da dürfen sie nicht parken." Freese zeigte sich als gelehriger Schüler.
„ISCH MACHE SIE DARAUF AUFMERKSAM, DASS JEDES WEIDARE WORTT ALS BEAMTENBELEIDISCHUNG GEWERTET WERDEN KANN. WIA HABEN UNS VASCHDANDEN? UN JETZ FORTT MIT DEM KAIISCH! AWWA SUBBIDOO!"

„Äh… Madame, Sie wärre entschuldische …"

Kommissar Günda zwinkerte seinem Assistenten zu. Er befleißigte sich einer sanft säuselnden Stimme, die ihm Freese gar nicht zugetraut hätte.
„Mia sin Kollegge, isch därf misch korzz voastelle: Kommissar Günda. Un moin Assistent Freese – unna uns: net vun do."
Die Züge der Gestrengen wurden milder[62].
„Aangenehm! Menzlaschweikatt, Gätruud Menzlaschweikatt."
„Menzla-Schweikatt? Ou, äh, des is jo mol än schääne Dobblnoome."
„Nein, kein Doppelname, isch bin nischt vaheiratet."

War da eine leichte Röte über Gertrud Menzlerschweikerts Wangen gehuscht?

„Ou, des, äh, wunnat misch awwa." Kommissar Günda nahm den Ball elegant auf. „Die Buuwe stehe doch bschdimmd Schlange."
„Hmhmhmhm", wiegelte die so Umgarnte schmallippig ab, **„awwa isch bin wählarisch!"**
„Des kennisch guud", erwiderte Kommissar Günda und strich sich versonnen über die hohe Stirn, die das lichte Haar nur noch mit Mühe säumte.

---

62 Dementsprechend wird auch ihre Stimme gedämpfter. *Bissl.*

Büschas[63], hawwe Sie die?

Meine zahlreichen Begegnungen mit Buchhändlerinnen – es sind nun einmal zumeist Frauen in dieser Branche – haben mich zu einer Szene inspiriert, wie sie sich tagtäglich im deutschen Buchhandel abspielen mag. Jedenfalls in unserer Region. Beachten Sie die Einleitung, höflich und bestimmt zugleich:

„Äh, Sie wärre entschuldische: Büschas, hawwe Sie die?"
„Nun, da wir uns hier in einer Buchhandlung befinden, bin ich recht zuversichtlich, dass Sie in der Lage sein werden, an diesem Ort das eine oder andere Buch zu entdecken. Ich sage mal toi, toi, toi!"
Regina Mühlheimer fühlte sich bei ihrem fünften Kundengespräch an diesem nicht enden wollenden Vormittag zunehmend unterfordert.
„Alla guud." Der stellvertretende Kommandant der *FrFeFu* – Freiwillige Feuerwehr Fußheim – rang erkennbar mit sich.
„Dann deedisch mol saare, isch nämm ähns."
„Aha. Wie schön. Und welches?"
„A, wuhea soll ischn des wisse? Sie schaffe doch doo, net isch."

Das war schlechterdings nicht zu leugnen, wenngleich Regina Mühlheimer in diesem Moment über eine Spontankündigung nachdachte. Seufzend und nicht ohne ersichtliche Mühe wandte sie sich wieder dem Buchsuchenden zu: „Was lesen Sie denn gerne?"
„Lese? Waas?"
„Ja, das frage ich Sie. Sie wollen doch ein Buch kaufen. Und um Ihnen die Entscheidung für eines ein wenig zu erleichtern, frage ich Sie, was Sie gerne lesen."
„Zeidung."
„Aha. Und sonst?"

---

[63] Bücher

„Sportt."
„Na dann empfehle ich Ihnen doch ein Sportbuch. Wie wäre es mit der Geschichte der Fußball-Bundesliga. Das haben wir bestimmt."
„Fußball? Faä Fraa? Isch weeß net."
Helmut Riebele wirkte unentschlossen.
„Ach so, das Buch ist für eine Frau. Wissen Sie, was diese Frau gerne liest?"
„Ou. Hmpf … Do missdisch mol froore."
„Ja, dann fragen Sie sie doch einfach."
„Des geht net. Iwwaraschung. Weje Hochzisch."
„Ein Hochzeitsgeschenk, wie schön, da kommen wir der Sache schon näher. Wann ist denn die Hochzeit, wenn ich fragen darf?"
„Die Hochzisch? Oh, liewi Zeit, die is schun gwest."
„Wann?"
„Ou, so dreißisch, färzzisch Joa vleischt?"
Diese Antwort heiterte Regina Mühlheimer nun doch etwas auf.
„Ich verstehe, Sie suchen ein Buch als Geschenk für Ihre Frau zum Hochzeitstag."
„Saarisch doch. Buch. Weje Hochzisch."
„Gut. Was liest Ihre Frau denn so? Vielleicht haben Sie ja schon einmal ein Buch auf ihrem Nachttisch liegen sehen."
„Ou, do missdisch mol gugge, awwa …", Helmut Riebeles Miene erhellte sich. „Äh, was annares, Blume, hawwe Sie die?"
„Nein, tut mir leid, aber ich gebe Ihre Anregung gerne an die Geschäftsleitung weiter. Eine Kakteenzucht böte sich hier tatsächlich an. Tolle Idee. Vielleicht bei den Glückwunschkarten."
„Ähä. Schgugg[64] nochmool."

Regina Mühlheimers „Gerne" erfolgte spät und klang kraftlos.

---

[64] Ich schaue – im Hochdeutschen so nicht machbar, jedwede Verschmelzung ginge auf Kosten der Verständlichkeit.

Kurz darauf bahnte sich überraschend eine Entscheidung an: „Isch glaab, isch habs!" Helmut Riebele strahlte. „Rumschdeek odda Worscht?" Er hielt der Buchhändlerin zwei Bildbände entgegen: „Wenn Sie mol gugge wolle?"
Ein wenig angewidert besah sich Regina Mühlheimer erst die überlebensgroße Rindswurst auf dem einen Buchtitel, aufwendig in Szene gesetzt mit Kartoffelsalat schwäbischer Art sowie schwungvoll drapiertem neonfarbenem Senf, um ihren Blick anschließend widerstrebend auf das rosige Innenleben eines in der Glut gleißenden Steaks zu richten.
„Unn? Wie moanschen?"
Riebele schaute erwartungsvoll.
„Ich bin Vegetarierin."
Die Aussage geriet etwas vorwurfsvoll, was einen Moment der Stille auslöste, dem Helmut Riebele gleich darauf jede mögliche Peinlichkeit nahm.
„Ffeggetaria? Mei Fraa aa. Seit neuschdem. Isch net."
„Steak!", entschied sie in der Hoffnung, dass dann die aufdringlichen Köstlichkeiten aus ihrem Blickfeld entschwänden.
„Als Geschenk einpacken?"
„Nää. Net needisch. Sie?!"
Die Angesprochene zuckte unwillkürlich zusammen.
„Isch wärdd Sie empfehle."
„Oh, dankeschön."
„Un vleischt kummisch a nochmol."
„Da freue ich mich jetzt schon."
„Weje Blume."

Isch weeß gaa nix – un des langt mia!

Bleiben wir an dieser Stelle noch ganz kurz beim Thema, weil es so gut passt. Jemandem anonym ein Buch zu schenken, das kann bisweilen beim Empfänger Unbehagen wecken: Welche Botschaft steckt dahinter?

„Hea mol, Freese, liesch du als soä bissl? Isch mähn Büschas?"
„Nun, Tschief, man kann mich wohl mit Fug und Recht als Leseratte bezeichnen. Auf meinem E-Book verschlinge ich pro Woche an die drei Romane und Sachbücher."
„Hm. Kennsch des?"
Kommissar Günda deutete auf ein mit roter Schleife verziertes Buch, das jetzt neben einem Umschlag vor ihm auf dem Schreibtisch lag.
„*Shades of Grey*? Geil!"
„Bidde?"
„Das ist einer der größten Bestseller aller Zeiten, millionenfach verkauft, weltweit."
„Dann kanns jo nix soi."
Er schickte sich an, das Buch in den Papierkorb zu bugsieren.
„Langsam, Tschief, vielleicht ist das für Sie genau das Richtige."
„Des glaawisch net. Was issn des Thäämaa?"
„Frauen."
„Hm."
„Männer."
„Mach Sache."
„Und vor allem: Sex."
„Oh liewi Zeit, isch habs gewisst."
Nun wanderte das Buch endgültig in den Abfalleimer. Freese fischte es zum Leidwesen seines Vorgesetzten wieder heraus.
„Allerdings, Tschief, in diesem Buch geht es etwas anders zur Sache."
Kommissar Günda schien in Gedanken die ihm bekannten Möglichkeiten durchzugehen und wirkte etwas ratlos.

„Wie annaschda?"
„Na ja, Tschief, Sie wissen schon."
„Isch weeß gaa nix. Un des langt mia."

Na, ahnen Sie, von wem dieses besondere Geschenk sein könnte?

Freese auch. Aber er bleibt diskret, denn er hat gelernt, dieser für seinen Chef typische Satz hat eindeutig abschließenden Charakter. Solche Situationen böten allenfalls die Chance zum Smalltalk, an dem Kommissar Günda in diesem Moment offenkundig kein Interesse zeigt, sonst hätte er diesen flugs eingeleitet durch die nun auch Ihnen vertraute probate Floskel: „Äh, was annares…"
Freese hingegen gelänge diese Überleitung beim besten Willen nicht, denn Sie werden zugeben, auf Hochdeutsch klingt des äfach net.

Monsieur de Kees[65]

In den Anfangszeiten ihrer Zusammenarbeit wirkt Freese auf Kommissar Günda souverän, manchmal sogar **bissl aiig suffarähn**.
Dessen fachliche Qualifikation steht nach den Personalunterlagen außer Zweifel, aber seinen Chef interessiert, ob der bloß eines besonders gut beherrscht: **Uffschneidales**. *Er nimmt sich vor, den Monsieur de Kees an seiner Seite ein bisschen zu erschüttern. Und so entschließt sich Kommissar Günda zu einem kleinen Spontanverhör.*

„Äh, hea mol, Freese, was bisch du eigendlisch fa ähna, isch mähn, so priffaat?"
„Privat?" Fritjof Freese schmunzelte ob der überraschenden Frage. „Das interessiert Sie wirklich, Tschief?"
„A, isch muss doch wisse, mit wemm isch zamme schaff."
„Nun, da gibt es nichts Spektakuläres, alles ganz normal. Ich bin sportbegeistert, fahre Mountainbike, nehme regelmäßig an Marathonläufen teil, liebäugele mit dem Ironman. Gehe im Urlaub gerne auf anspruchsvolle Klettertouren in den Schweizer Alpen, habe meinen Lieblings-Italiener, schätze einen guten Rotwein, auch eine edle Zigarre, liebe Gute-Laune-Musik und lebe glücklich und zufrieden bei meiner Mutter."
„Bidde?" Kommissar Günda hätte es *schia varopft*[66], aber mehr als ein Stutzen ließ er sich nicht anmerken. „Grad des Ledschde nochmol."
„Ich lebe glücklich und zufrieden bei meiner Mutter."
„Hm. Wie alt bisch du?"
„34."
„Un des finsch du nommaal?"
„Alle meine Freunde wohnen bei ihrer Mutter. Selbstverständlich habe ich meinen eigenen Bereich, wir haben ent-

[65] *De Kees* ist ein besonders selbstgefälliger Typ.

[66] fast verrissen

sprechend umgebaut, aber die Annehmlichkeiten weiß ich durchaus zu schätzen."
„Wesche, koche, biggle."
„Tschief, Sie werden keine Reinigung finden, die es mit meiner Mutter beim Hemdenbügeln aufnehmen könnte."
„Sauwa", murmelte Kommissar Günda, der wie die meisten seiner Altersgenossen mit 18 ausgezogen war. „*Generazioon Muddi*. Un die hawwe ball des Saare bei uns. Guud Nacht um Fimfe."
„Bitte?"
„Nix, nix."

Das stimmte nicht ganz, und so hakte Kommissar Günda bald nach: „Du woohnsch also noch bei de Muddi …"
„Darüber scheinen Sie gar nicht hinwegzukommen, Tschief. Haben Sie so ein schlechtes Verhältnis zu Ihrer Frau Mama?"
„Nänää, awwa, wenn isch mol froore derf, Freundin oder so, des geht dann awwa net, odda?"
„Tschief, ich bin kein Kostverächter. Es gibt die eine oder andere, sagen wir, zeitweilige Begleiterin, das wechselt je nach Anlass und Stimmung. Yvonne, Jaqueline, Alena. Gerade habe ich mit einer Birgit ein ausgesprochen intensives Wochenende erlebt."
„So genau wollt ich des gaa net wisse. Misch deed mol gärnn indressiere, die Fraue, die finne des in Oddnung? Du, äh, ia oowets zamme voam Färnnseh. Un die Muddi macht dann so bissl Schniddsche?"
„Die Zeiten ändern sich, Tschief, die Lebensformen auch", grinste Freese. „Sie haben vermutlich in einer schmuddeligen WG gelebt, das wäre nichts für mich. Bei meinen Altersgenossen weiß man das Mehrgenerationenprinzip eben wieder zu schätzen."
„Hm. Un Famillje? Kinna?"
„Später."

„Wann? So mit fuchzisch, seschzisch …“
„Wieso nicht? Die medizinischen Möglichkeiten werden immer besser.“
„Dann so Vadda un Großvadda in ähm Uffwasch. Sauwa. Un wie finsch du dann dodezu die Fraa?“
„Sie sind schon ein bisschen weltfremd, Tschief. Dafür gibt es Agenturen. Ich suche ja auch heute schon meinen Sitznachbarn im Flugzeug nach den entsprechenden Angaben aus: Plaudertasche, Leseratte, blasenschwach.“

Sie haben es bestimmt vor Augen, Kommissar Gündas Kopfschütteln. Entsprechend unwohl ist ihm, als er irgendwann Freeses Muddi kennenlernt. Zu seiner Überraschung stellt sich jedoch heraus, Wiebke Freese ist weitaus weniger mütterlich als erwartet. Vor allem kann man sich mit ihr stundenlang über Rockmusik unterhalten, sie verfügt über profunde Kenntnis der Sechziger und Siebziger, ihre Plattensammlung begeistert ihn ein ums andere Mal. Auch im Hinblick auf aktuelle Stilrichtungen sind sie sich einig. Um Kommissar Günda zu zitieren: „Rap, des is doch bloß Schelde mit Mussisch[67].“

Überdies zeichnet Wiebke Freese Humor aus, der seinem verwandt ist. Kurz, die beiden verstehen sich prächtig. Was Freese manchmal fast unheimlich ist. Kommissar Günda darf sogar **Wibbge** *zu ihr sagen. Und er erfährt nebenbei, wie sie ihren Sohn nennt:* ***Fritti****.*
Von diesem Spitznamen macht er jedoch keinen Gebrauch.
Warum?
Nun, er hat einen besseren, wie Sie in der nächsten Geschichte erfahren.

[67] Schimpfen mit Musik

Die Bobb[68]

„Tschief?"
„Hm?"
„Ich suche noch ein Geschenk für meine Nichte, hätten Sie vielleicht einen Tipp für mich?"
„Wie alt?"
„Meine Nichte? Acht."
„A donn isses äfach: ä Bobb."
„Ein was?"
„Ä Bobb."
„Ein Bob? Ein Schlitten? Für meine achtjährige Nichte? Im Spätfrühling, Schneefallgrenze in Deutschland 5000 Meter? Ich weiß nicht."
„Net *än* Bobb, *ä* Bobb. Imma schää uffbasse mit denne Adiggl, Freese. *De* Bobb is männlisch, wie die Kärll aa. Awwa *ä* Bobb, des wäa weiblisch. Nadierlisch kwassii."
„Eine Bob? Was soll das sein?"
„Kennsch des net? Ä Bobb. Isch gäb da mol än Tipp, Freese: Ä Bobb is kähn Bobbl."
„Jetzt wird es aber unappetitlich, Tschief. Iii, Popel."
„Ä-ä. Bobbl. Wenn du irgendwu weddarennsch, dann kriggsch du än Bobbl."
„Ah, eine Beule am Kopf."
„Bessa gsacht, am Deez, am Schwelles, am Wersching."
„Und was hat das jetzt mit dem Bob zu tun, äh, ich meine mit *der* Bob?"
„Nix. Saarisch doch. Eewedrum. Kummsch als noch net druff?"
„Keine Ahnung, was das sein soll, eine Bob."
„Allo, nochmol: Ä Bobb is kähn Bobbl."
„Eine Bob ist keine Beule. So weit, so klar."
„Obwoohl… manschmol hot die Bobb aa än Bobbl."

---

[68] Puppe

„Manchmal hat die Bob eine Beule, schön. Das hilft mir jetzt auch nicht weiter."
„Nochän Tipp: Ä Bobb, die hot nadierlisch imma än Bobbes. Obwoohl isch mähn grad, die Baabie, die hot eigendlisch kähna. Odda?"
„Barbie? Sie meinen die Barbie-Puppe?"
„Du hoschs. Des isses."
„Jetzt verstehe ich, die Bob ist eine Puppe."
„Gönau. Saarisch doch schun die gonz Zeit: Bobb."
„Das ist wirklich eine gute Idee. Ich schenke meiner achtjährigen Nichte eine Puppe. Danke, Tschief."
„Mooment. Un donn brauchsch du nadierlisch noch was dodezu."
„Zur Puppe? Was brauche ich da? Kleider? Die sind doch hoffentlich dabei."
„Nää. Weesch was des beschde Gschenk wäa fa die Kläa? Ä Bobb un dodezu ä Bobbe-Schees[69]."
„Was? Was soll das denn nun wieder sein?" Freese stand nicht der Sinn nach weiteren Dialekt-Lektionen. „Das wird mir jetzt zu viel, Tschief, ich passe! Ich belasse es bei der Puppe."
„Vun mia aus, mach doch, was du willsch. Awwa unna uns, weesch, was du manschmol bisch, Freese?"
„Na?"
„Bissl aiig bobbisch."

Das Telefon läutete, Kommissar Günda nahm den Hörer ab.
„Hier sprischt die Sokodoo. Was kann isch füa Sie tuhen?"
Fritjof Freese hob anerkennend die Augenbrauen. Offenbar passte sich endlich auch dieser hartnäckigste aller Dialektsprecher den veränderten Anforderungen seiner Umgebung an. Viele Menschen waren zugezogen, immer weniger in der Region sprachen Dialekt, nicht selten war Freese als Norddeutscher

---

[69] Puppenwagen

sogar im Vorteil. Erstaunlich, aber auch anerkennenswert, dass sich Kommissar Günda auf seine alten Tage nun doch noch gewillt zeigte dazuzulernen. Im Rahmen seiner Möglichkeiten, versteht sich. Denn selbstredend gelang es ihm kaum, seine Muttersprache zu verbergen. Aus den Augenwinkeln beobachtete Freese seinen Chef. Der lauschte dem Anrufer erst andächtig und antwortete dann mit einem entschiedenen „Nein! Das geht nischt. Leiter.“
Es folgte erst ein interessiertes, dann ein zustimmendes Grunzen.
„Isch vastehe daas, aber isch weiß nischt, wann der Herr Kommissar Günta wietakommt. Leiter. Sehr.“
Freese runzelte die Stirn. Als wer oder was gab sich sein Chef hier gerade aus?
„Mein Name? Mein Name ist Freese“, gab Kommissar Günda auf die wohl auf Selbiges abzielende Frage des Anrufers zur Antwort. „Friedhof Freese. Isch buchstabiere: F wie Friedhof …“
Der Anrufer schien auf weitere Erläuterungen zu verzichten.
„Keine Ursache. – Ja. – Wird gemacht, das gebe isch sehr gerne weiter. Auf Wietahören.“

Andachtsvolle Sekunden vergingen, ehe sich Freese vergewisserte: „Habe ich das recht verstanden, Tschief, haben Sie sich eben für mich ausgegeben? Sagen Sie bloß, das machen Sie öfter!“
„Nää.“
„Da bin ich beruhigt.“
„Awwa ab jetz schun.“

So gerne ich selber Krimis lese, ich kann mich nicht anfreunden mit Gewaltexzessen. Mir steht Agatha Christie immer noch viel näher als das Heer von Serienmördern, mit denen wir es als Konsumenten tagtäglich auf sämtlichen Kanälen zu tun haben. Ich frage mich auch, weshalb man meint, uns diese unendliche Folge von Ritualmorden zumuten zu dürfen, und bemühe mich gewissermaßen um den Gegenentwurf. Dennoch, so ganz ohne

Äkschn

kommen auch meine Krimis nicht aus, wie das folgende Beispiel zeigt. Kommissar Gündas Assistent ermittelt im Buchhändlermilieu.

Als Freese seine Utensilien wieder verstaut hatte und sich auf den Weg machen wollte, fiel es ihm auf: der Buchladen war leer. Bis auf ihn. So konnte er schlechterdings nicht gehen. Er linste aus der Tür. Niemand war zu sehen.

„Hallo? Frau Schneider? Herr Wohlrabe?“

Keiner antwortete.

Er verfertigte einen Zettel mit der Aufschrift *Bin gleich wieder da!* und wollte sich gerade zur Privatwohnung der Wohlrabes aufmachen, als ihn eine johlende Schar Kinder wieder in den Laden zurückdrängte und sich in der *Lesbar* breit machte. Die Anzahl der Kinder schätzte er auf 50 bis 100, deren Alter auf sieben oder dreizehn.

Bei all seinen Frauengeschichten war er in dieser Hinsicht sehr konsequent und ließ sich auf Mütter gar nicht erst ein. Entsprechend fehlte ihm jede Erfahrung im Umgang mit Kindern.

Die hier nahmen von ihm gleich keinerlei Notiz. Einige begannen ohne ersichtlichen Grund im Kreis zu rennen, andere wälzten sich zu mehreren auf dem Boden. Ein Junge entnahm seinem Rucksack Lautsprecher und hielt ihm diese entgegen: „Strom!“

„Ja? Was ist damit?“

„Strom!“, insistierte der Knabe. Freese war überfordert. Ihm ging ein einziger Gedanke durch den Kopf: *Frauen ja, Kinder nein!* Zwei Mädchen setzten sich zu seinen Füßen. Sie wirkten im Unterschied zu den anderen irgendwie normal und zugänglich.
„Was macht ihr denn hier?“, fragte Freese wenig einfallsreich, aber froh um die Zuhörerschaft.
„Wir haben jetzt Vorlesestunde.“
„Aha. Und wer soll euch etwas vorlesen?“
„Keine Ahnung“, flötete die Kleinere. „Sie?“
„Ich? Wer hat euch denn hier hergeschickt?“
„Unsere Lehrerin.“
„Aha. Und wo ist die?“
„Die kommt gleich, die muss noch mal schnell in die Apotheke, hat sie gesagt.“
Der junge DJ hatte sich inzwischen selbst auf die Suche nach einer Steckdose gemacht und räumte ein Regal nach dem anderen aus.
„Was lesen Sie uns denn vor?“, fragte wieder die Kleinere.
„Äh, ich bin ja eigentlich nicht der große Vorleser“, erwiderte Freese verunsichert und geschmeichelt zugleich.
„Wisso? Kenne Sie net lese?“, ließ sich ein stämmiger Rothaariger vernehmen, der ein Spiel mit zwei Stiften entdeckt hatte. Mit dem einen deutete man auf ein Tier, mit dem anderen auf den zugehörigen Namen. Stimmte die Zuordnung, ertönte ein bestätigendes Geräusch, im Fall des Esels ein näselndes *I-aaah!* Eine Belohnung, von der der kleine Tierfreund gar nicht genug bekommen konnte.
„Selbstverständlich kann ich lesen.“
I-aaah!
„Un wisso wolle Sie dann net lese?“
„Weil ich gar nicht zu dem Laden hier gehöre.“
„Un was mache Sie dann do in dem Laade? So ganz alläą?“
I-aaah!

„Ich wäre dir sehr verbunden, wenn du hier nicht an allem rumfummelst."
I-aaah!
„Is des dann doch Ian Laade?"
„Nein."
I-aaah!
„Allo."
„Allo, was?! Der Ladenbesitzer ist weg, und so lange ich hier bin, bestimme ich, was gemacht wird, und jetzt ist endlich verdammt nochmal Ruhe! Ist das klar? Ein für alle Mal! Ruhe!!!"
Freeses immer lauter werdende Stimme hatte unerwartet Wirkung gezeigt. Die Kinder verharrten und verstummten. Selbst der Esel schwieg. Die plötzliche Stille verblüffte alle.
„Schön. So ist es gut. Jeder bleibt, wo er ist, keiner bewegt sich. Wir warten jetzt hier alle ganz ruhig. Dann wird alles gut."
„Kuuhl, en Iwwafall!"
„Was?"
„Was ist los?"
„Überfall!", erklärte die Größere der beiden Mädchen geduldig in die Runde.
„Geil."
„Hammer."
„Wie geil is das denn."
„So geil."
„Alter, ich sags dir."
Erstmals in seinem Leben fühlte sich Freese von diesem Begriff irgendwie angesprochen, musste aber feststellen, dass mit *Alter* irgendein Zwerg gemeint war, der auch prompt reagierte.
„Ja, Alter, so geil."
Wenn sich Kinder so ansprachen, wie lautete dann wohl für ihn die korrekte Anrede? Uralter?
Hu-huu! Hu-huu! Hu-huu!
„Wolle Sie net droogehe? Des is bstimmt Ian Komplize."
„Was? Quatsch, das ist die Polizei. Ja, Tschief?"

„Isch nämm Pizza Hawaii un ä Cola! Mit Eis, wenns geht.“
„Tschief, Sie glauben nicht, was hier los ist. Moment, hier redet gerade jemand dazwischen. Was erzählst du da für einen Unsinn?“
„A, mia sin doch jetz Ia Geisel. Un des Ärschde, was die vun de Bollezei wisse wolle, was krieje die zum Esse, die Geisel. Allo, Pizza.“
„Ich auch!“
„Ich auch!“
„Gibts auch Gyros?“
„Awwa net al Fornno!“

Ein kleiner Junge fummelte an seinem Telefon. Freese wurde nervös.
„Was machst du da?“
Der Junge fing an zu weinen.
„Ich hab nur meine Mama angerufen, die hat gesagt, ich muss sie immer anrufen, wenn irgendwas ausfällt, und dann habe ich ihr gesagt, dass Vorlesen ausfällt, weil wir jetzt nämlich Geiseln sind.“

„Achtung, Achtung, bessa gsacht: Obacht! Do sprischt die Feiawehr. Des Haus is umstellt. Sie hawwe kää Schangs. Kumme Sie soffortt raus! Mit de Händ hoch! Beide!“

Vorsichtig lugte Fritjof Freese durch die Eingangstür. Erleichtert ging er auf den Mann in Feuerwehruniform zu.
„Bin ich froh, Sie zu sehen, Sie kennen mich bestimmt, Freese, Sokod…“
Die letzte Silbe ging in einem gurgelnden Geräusch unter.
„So reggle mia so Sache bei uns“, stellte Helmut Riebele zufrieden fest und rollte den Feuerwehrschlauch langsam wieder ein.

Duwak & Kruuscht[70]

Auch wenn es sich in Glickerbach sehr schnell herumgesprochen hat, dass es da jetzt eine Sokodo gibt, nicht alle Bewohner sind gleichermaßen auf dem aktuellen Stand. Manche sind schlicht desinteressiert, denn sie plagen eigene Sorgen. Kommissar Günda kommt das zugute, in den Anfangszeiten kann er noch inkognito unterwegs sein.

Hätte er in einer Großstadt ermittelt, so wäre der Kiosk seine erste Anlaufstelle gewesen, die Imbissbude mit Tageszeitung, Kitschroman, sauren Drops und Rubbellosen.

Wo liefen in Glickerbach alle Informationen zusammen?
Sein Blick fiel auf einen handgemalten Schriftzug.

Duwak & Kruuscht

Das war ein Laden ganz nach seinem Geschmack. Kurzwaren, Dübel, Schnellkochtöpfe, Angoraunterwäsche, Modellflugzeuge. Hier gab es vermutlich alles und als kostenlose Beigabe den neuesten Klatsch.

An einem Stehtisch lehnte ein Mann in Hausschuhen und Wildlederjoppe und brütete über einem Lottoschein. Er schien auf eine Eingebung zu warten. Vermutlich kreuzte er aber dann doch die Zahlen an, die er seit Jahr und Tag wählte, schon, um sich nicht dem Risiko auszusetzen, dass ausgerechnet dieses eine Mal seine Zahlen gewönnen. Ohne ihn.

Kommissar Günda wandte sich den Ansichtskarten zu. Ein ersichtlich nicht gerade gut gehender Artikel. Schwarz-weiß, die Ränder gezackt, wie in den Sechzigern üblich. Mehr Zeit-

[70] Tabak & Krempel

dokument als Verkaufsschlager. Zu sehen waren die auserkorenen Wahrzeichen Glickerbachs: das Rathaus, die beiden Kirchen, der Friedhof.

Auf der gläsernen Theke lag die Lokalzeitung, daneben ein paar überregionale Blätter, auch sie schienen sich nur begrenzter Beliebtheit zu erfreuen.
An der Rückwand reihte sich auf einem Regal eine Vielzahl bunter Zeitschriften, darunter allein zehn verschiedene Fachmagazine für Oldies und Classic Rock.

„Kammahelfe?", ertönte es vom Lotto-Zettel. Hier tippte also der Chef selbst.
„Aba. Isch gugg blouß bissl."
Pause.
„Akkuschrauwa wäre im Ogeboot."
„Hm."
Kommissar Günda wirkte unentschlossen.
Der Lottospieler begab sich langsam hinter die Theke und musterte ihn dabei ausdruckslos.
„Uff Bsuch?"
„Kamma saare."
Pause.
„Ah! Vasteh schun."
Pause.
„Fimfhunnat."
Kommissar Gündas Interesse war geweckt. Verbotenes Glücksspiel, Mindesteinsatz 500? Rotlichtmilieu hinter dem Deckmäntelchen eines Zeitschriftenladens?
Er war geneigt, seine wahre Identität noch eine Zeitlang zu verbergen, und legte die Stirn abwartend in Falten, was sich sogleich preismindernd auswirkte.
„Oukay, viahunnat."
„Isch weeß net …"

„Zwee Indressende hawwisch schun. Mit Kusshand, saare die, mit Kusshand."
Kommissar Günda verdrehte die Augen, was den Preis abermals drückte.
„Allo, dreihunnat, mei ledschdes Wort."
„Uumeeglisch."
Lange Pause.
„Bassacht[71]! Hunnat. Weil dus bisch. Awwa oohne die Ziggaa."
„Achdeneinzisch …"
„Alla guud."
„Gebongt."
Ein fester Händedruck, das Geschäft getätigt.

Nun war Kommissar Günda gespannt, was er wohl gerade erstanden hatte.
„Un jetzat? Wie leeft des?"
„Do! Nemms."
Zögern.
„A, nemms hald!"
Ein Schlüssel wurde mit einem scharrenden Geräusch in seine Richtung geschoben und fügte dem kaum noch durchsichtigen Tresen weitere Riefen zu.
„Kannsch rausgewwe?"
Kommissar Günda legte zwei Fünfzigeuroscheine auf den Verkaufstisch.
„Hea mol, hackts?"
„Hm? Wisso? Achdeneinzisch, do!"
„Achdeneinzisch*dausend* nadierlisch. Hea mol, was hoschn du gedenkt?"
„Was weeßn isch. Uff jeden Fall will isch doch net doin ganze Laade kaafe."
„Moomendemol. Genau des hosch du doch grad geduu!"

---

[71] Aufgepasst!

Ist der Verkauf des Ladens tatsächlich zustande gekommen? Muss Kommissar Günda also künftig sein Dasein hinter einer Theke fristen? Umgeben von allenfalls geistiger Nahrung, noch dazu fragwürdiger Qualität?
Selbstverständlich nicht, dazu bedurfte es keines juristischen Beistandes. Der Hinweis auf den dienstlich veranlassten Besuch genügte.
Die Enttäuschung stand Friedhelm Hillich ins Gesicht geschrieben. Seine Bestimmtheit im Verkaufsgespräch wich einer lauernden Abwehrhaltung. Auf Kommissar Gündas Nachfrage, was er, Hillich, über den Toten zu sagen wisse, erklärte der lakonisch: „Denn hots hald vawischt."
„Schlimm?"
„Fa denn schun wahrscheinz."
„Un fa disch?"
„Kummt druff oo."

Kommissar Günda verzichtete auf jede weitere Erklärung und zog es vor, sein Gegenüber im Unklaren über seinen Kenntnisstand zu lassen.
„Des hawwisch mia gedenkt. Alla. Ma sieht sisch."

Es verging keine Minute, und Kommissar Günda konnte von der nächsten Straßenecke aus beobachten, wie sich eine Hand durch den vergilbten Vorhang in der gläsernen Eingangstür schob und sich am dort befindlichen Hinweisschild zu schaffen machte.

Wie erwartet wurde Duwak & Kruuscht an diesem Tag vorzeitig geschlossen. Wo eben noch ein *Als*[72] *nei!* die Kunden eingeladen hatte, vertröstete nun die Botschaft *Mogge widda.*

---

[72] auch so ein vielseitiges Wörtchen. *Als* kann heißen *manchmal*, *gelegentlich*. Hier bedeutet es *nur*.

Wissä liddl Help from mai Fränz

Freese wird, wie wir bereits gehört haben, nicht recht wahrgenommen. Erschwerend kommt in der nächsten Geschichte hinzu, dass man ihn nicht nur nicht kennen will, man verwechselt ihn auch noch mit einem immens wichtigen Besucher, den man sehnlichst erwartet.

Hätte er geahnt, was auf ihn zukommt, so hätte sich Freese niemals ohne seinen Vorgesetzten zum Gasthaus *Lamm*[73] begeben, in dessen ehemaligem Tanzsaal die Chorprobe des Männergesangvereins *Liederkranz* stattfand.
An der Eingangstür prangte ein Plakat, das auf den Herbstball der Chorgemeinschaft hinwies:
Liederkranz rockt. Vun owwahäwwi[74] *bis bogglhartt*[75] *– Kummt alle!*

Aus dem Innern des Gebäudes hörte er schon die sonoren Stimmen schmettern: *Aim on se Haaiweh tu Häll!*[76]
Das Liedgut der Männergesangvereinsszene hatte sich offenbar verändert.

Der Wirt musterte ihn eindringlich, als er sich zum Tresen begab, um ihn nach der Dauer der Probe zu befragen.
„Halwi Stund, wenn des mol langt", antwortete der Mann mit dem imposanten Schnauzbart, während er ein Geschirrtuch schwungvoll über die linke Schulter warf. „Awwa gehe Sie ruisch hinnare[77], die waade schun uff Sie!"
Freese wunderte sich, anscheinend hatte ihn sein Chef avisiert. Ungewohnt, aber sehr löblich.

---

[73] im Dialekt weitaus einladender: *Lomm*

[74] oberheavy

[75] besonders hart

[76] I'm on the Highway to Hell

[77] nach hinten

Von hinten erscholl nun Pink Floyd *Wie dount nied nou ädjukejschen.*[78] Was aus den Kehlen erwachsener Männer dem Stück eine ganz neue Dimension gab.
Der Wirt bemerkte Freeses Unentschlossenheit und erbot sich, ihn zu begleiten: „Auf, kumm grad mit, isch bring disch glei hinnare. Ä Bierle?“
„Nein, vielen Dank, nicht bei der Arbeit.“
„Reschbeckt. Des nennisch die rischdisch Eistellung. Proffi, hä?“
„Wenn Sie so wollen“, schmunzelte Freese. „Ja, Profi.“

Die beiden Männer durchschritten den geräumigen Flur hinter der Gaststube, vorbei an den Toilettentüren, die der Frauen geschlossen, die der Männer umso weiter geöffnet. Das Knarren der Holzdielen ging in einem Fortissimo unter: *Hej, tietscha, lief as kids äloun!*[79]

Als der Wirt Anstalten machte, die Tür zur Probe zu öffnen, bedeutete Freese ihm, bis zum Ende des Liedes abwarten zu wollen. Was ihm wiederum ein anerkennendes Kopfnicken und ein raunendes *Proffi hald!* einbrachte.

Kaum war das Stück verhallt, klopfte der Wirt an die Tür, öffnete diese fast zeitgleich und schob Freese vor sich hinein: „Männas! Do issa. Spoot[80] kummda, awwa ea kummt.“
Spontanes Klatschen und Klopfen. Das war Freese auch noch nicht widerfahren, mit Beifall empfangen zu werden. Hier galt die Kriminalpolizei offenbar noch etwas.
Aus dem Kreis der rund 30 Männer kam einer auf ihn zu, die Ärmel des weißen Hemdes aufgekrempelt, und streckte ihm die

---

[78] We don’t need no education
[79] Hey, teacher, leave us kids alone!
[80] Spät

Rechte entgegen: „Härzzlisch willkomme! Isch bin de Dirischend[81] doo, de Dittes, Floorian, awwa alle saare Floo. Mia sin schun gonz gsponnt."
Freese setzte zu einer Erwiderung an, aber der Mann kam ihm zuvor: „Moment!"
Er ging zum nussbaumbraunen Kleinklavier, das in der Mitte des Saales stand, und machte sich an einem Stapel Papier zu schaffen. „Mia hawwes glei!" Freudestrahlend fischte er schließlich ein paar Notenblätter heraus und reichte sie Freese.
Der winkte ab.
„Mit oohne[82] Noode? Reschbeckt."
„Proffi hald", ergänzte der Wirt und erntete für diese Bemerkung allgemeines Kopfnicken.
Der Mann im weißen Hemd zückte eine Stimmgabel und brachte sie mit einem kurzen *Bumba*[83] ans Klavier zum Klingen.
„Mii, mii, mii, mii."
Mit jedem *mii* wurde der Ton höher, den er den Männern vorgab und den diese bereitwillig übernahmen. Schließlich erfüllte ein vierstimmiges *Miiiii!* den Saal.
Ehe Freese Einhalt gebieten konnte, erfolgte der Einsatz und aus 30 Kehlen erscholl: *Baihhh wissä liddl Help from mai Fränz*[84]*!*

Wäre Kommissar Günda zugegen gewesen, hätte der natürlich sofort erkannt, dass es sich um den Beatles-Song in der Version von Joe Cocker handelte. So aber wusste Freese auch in musikalischer Hinsicht nicht, wie ihm geschah. Erwartungsvoll beäugten ihn die Männer, ohne ihr *Huhuhuhuuuu*, bei dem sie nun schon geraume Zeit angelangt waren, zu unterbrechen.

---

[81] Dirigent

[82] Welch ein raffinierter Kniff: *Mit* sorgt für die Betonung von *oohne*.

[83] Stoß – eigentlich würde man im Zusammenhang mit der Funktion einer Stimmgabel nicht sogleich auf den *Bumba* kommen, aber bedenken Sie das Motto des Liederkranz-Konzerts.

[84] By with a little help from my friends

Der Mann im weißen Hemd bedeutete Freese immer nachdrücklicher, dass nun er an der Reihe sei. Der antwortete mit einer fragenden Geste, wobei er die Hände erst wenig, dann immer ausladender benutzte, denn der Männerchor schwoll bedrohlich an. Der Dirigent hob die Arme, und mit einer schnappenden Bewegung seiner Finger auf Augenhöhe erstarb der Chor unmittelbar.

„Äh, wie willischn saare, die Paffoamäänz[85], die Muufs[86], einwandfrei. Wie de Cocka passööhnlisch. Awwa doo!“ Er deutete auf seinen Adamsapfel. „Uff was waadschn? Uff de Frihling? Uff die Kärwe? Auf! Loss mol was heere!“

„Mein Name ist Fritjof Freese, Kriminalpolizei, Sokodo. Es geht um den Tod des Buchhändlers Wohlrabe. Ich suche einen Herrn Wiesemann.“

Stille, die der Wirt nach quälenden Sekunden unterbrach.

„Mooment. Sie hawwe mia doch gsacht, sie wäre de neie Solloo-Tennoa[87]!“

„Der was?“

„Solloo-Tennoa, de neie!“

„?“

„Proffi hald.“

Nachdem endgültig geklärt war, dass Freeses Qualitäten nicht im Gesanglichen lagen – *Bläck Säbbäs, Pärräneid*[88]*? Aa net?* – und sich die Enttäuschung der Männer gelegt hatte, beschloss man einvernehmlich die Chorprobe zu beenden, um Freese die Befragung seines Zeugen zu ermöglichen.

„Schaad, schaad“, murmelte der Wirt, als er Freese zum Gastraum begleitete. „Aiig schaad. Des wäa dei Schangs gewest.“

---

[85] Performance

[86] Moves

[87] Solo-Tenor

[88] Black Sabbath, Paranoid

Ronnie Voddahufa – äh, Vorderhofer

Das Sängermilieu spielt in mehreren Fällen eine Rolle. Es kommt sogar vor, dass ***Brominende***[89] *ins Visier der Ermittler geraten, so das Hansi Hinterseer-Double Ronnie Vorderhofer. Die Verunglimpfung des Künstlernamens geht, wie Sie richtig vermuten, auf Kommissar Günda zurück. Der Mann könnte ein wichtiger Zeuge sein.*

In der Fasnachtszeit, so erzählte ihm Dieter Mörlenbacher alias Ronnie Vorderhofer freimütig und ohne Aufforderung, während er im Jogginganzug in der wohnzimmerlichen Couchgarnitur entspannte, eine Zigarre in der Rechten, einen quietschbunten Cocktail in der Linken, in der Fasnachtszeit nehme er ein Gutteil seines Jahresurlaubs und reise von Sitzung zu Sitzung.
„Iwweraal, in de gsamde Metropoolreggioon."
Und lasse Abend für Abend die Sau raus.
„De Glaus, dea mescht moin Männätscha. Dea is iwwahaupt uff die Idee kumme. Des waa ä Jubiläum uffm Gogglfeschd, do hawwe mia schun ähna im Tee ghabt, sescht de Glaus bletzlisch: *Hea mol, Dieda! Weesch, wie du aussiehsch? Wie de Hansi Hindasea passööhnlisch.* Mia is des voahea gaa net uffgfalle. Awwa donn hot dea ä Foddoo gemacht mim Häändi, un donn hawwischs aa glei gsehe. Obwoohl dass des Foddoo so klää waa un bissl uschaaf."
Kommissar Günda bestätigte mit einem Nicken, er könne sich ein Bild von der Situation machen. Was nur bedingt stimmte.
„Dea hot äfach rescht ghabt, dea Sseggl. Manschmol is ma jo blind, wenns um ähn selwa geht. Do misse schun annare kumme un dia saare, wie gut dass du aussiehsch."
Das Schweigen des Kommissars ließ Mörlenbacher fortfahren: „Un donn is ähns zum annare kumme. Ärschde Uffdridde, un glei Jubl, Trubl, Hose runna. Die Leit raschde aus, wenn isch losleg. Sie hawwe des jo aa alebt, gell?"

---

[89] Nebenbei bemerkt, das *B* würde mir auch im Hochdeutschen gefallen.

„Hawwisch“, bekannte Kommissar Günda etwas lahm.
„Un Sie, Sie sin jo wahrscheinz aa abgange wie ä Zäpfl.“
„Wie zwee, bessa gsacht.“
„Abrobboo, wie wäas? Aa än *Sex on se Bietsch*? Hä? Dreckt vum Idaliäna drunne. Moin Haus- un Hofliffarant, dass isch glei mol in Stimmung bleib.“
„Donge, isch bin im Dinnscht.“
„Des vasteh isch. Des bin isch aa während de Kambannje. Imma. Unna uns, isch vadien in derre Zeit des, wassisch im gonze Joa net hab. Pro Oowett fimf, sechs Uffdridde, moin Soohn fäat misch, dea steht drauß voa de Hall mim laufende Moddoa.“

Auf der Lehne waren sorgsam allerlei Stofftiere aufgereiht: Murmeltiere, Biber, Katzen, Eichhörnchen, sogar ein Greifvogel fand sich. Einen Geier suchte Kommissar Günda allerdings vergeblich.
Dieter Mörlenbacher bemerkte seinen schweifenden Blick: „Alles vun meine Fähns. Die weafe des als uff die Bihn. Zamme mit de Schlüpfa…“
Er wartete auf Kommissar Gündas Reaktion, die ausblieb.
„Die kann isch nadierlisch net ausstelle, do bei uns im Woohnzimma. Do deed mei Grischdl[90] wahrscheinz ausraschde. Awwa unna uns: Isch hab ä Schublaad. Ä geheimi.“
„Ähä“, rang sich Kommissar Günda mühsam ab.
„Kuche kriggisch aa als vun meine Fähns. Awwa befoa dass isch denn ess, loss isch liewa mei Grischdl voakoschde.“
„Klaro.“
Dieter Mörlenbacher nahm einen kräftigen Zug aus seinem Cocktail. Das Getränk ging zur Neige, der Strohhalm erzeugte ein gurgelndes Geräusch, auch die Zigarre war verloschen, was ihrem Raucher gar nicht aufgefallen war.

---

[90] Christl

„Die hot jo des große Los gezorre mit mia. Des heed die aa net gedenkt voa dreißisch Joa. Hea, awwa mach mol än Ehevatraag nooch de Silwahochzisch[91]! Vasuch des mol!"
„Isch kenns", log Kommissar Günda, der langsam unruhig wurde, weil er doch endlich zum fraglichen Abend kommen wollte.
„Deshalb vagwööhnt die misch in de Kambannje. Schdeeg[92] un nadierlisch Ffiddamiine[93] oohne Ende. Wischdisch, aiig, weil des schun schlaucht uff de Bihn. Wie wäas, die kummt bstimmt glei vum Eikaafe. Donn kann die uns glei mol zwee vun denne uff de Grill schmeiße."
„Grille? Im Winda?", fragte Kommissar Günda ungläubig, aber nicht ohne Interesse. *Kää schleschdi Idee grad, soä Schdeeg.*
„Mia grille imma. Im Summa isch, in de Kambannje mei Grischdl. Uff de Terrass. Iwwadacht. Gas. Voll deliggs[94], des Geräät. Wolle ma mol gugge?"
Kommissar Günda bezähmte den aufkeimenden Hunger und nutzte den nächsten, womöglich letzten *Schlotza*[95] seines Gegenübers, um endlich zum Thema zu kommen: Ob er an jenem Abend etwas bemerkt hätte, etwas Ungewöhnliches?
„Wie imma. Jubl, Trubl, Schlüpfa-Allaam. Des is bei mia imma so. Wenn isch kumm, do brennt glei mol die Hitt."
„Un waa des Joa alles wie imma?"
„A, höckschdens noch subbarara[96]."

91 Silberhochzeit
92 Steak
93 Vitamine
94 deluxe
95 genussvollen Schluck
96 Komparativ von *subba*

Saach dei Sach[97]!

Von seinem Chef hat Fritjof Freese gelernt, dass es durchaus sinnvoll sein kann, scheinbar ziellos durch die Stadt zu schlendern. Manch wichtiger Hinweis kann sich im zwanglosen Gespräch mit den Mitbürgern ergeben. Muss aber nicht.

„Sie?!"
„Ja. Bitte."
„Isch saach Ihne jetz mol was!"
Quasi ein verbaler Trommelwirbel und gleichzeitig für den Redner elegant geschundene Bedenkzeit.

„Isch – weeß – Bscheid!"

Freese ließ einen Moment verstreichen in der Hoffnung, sogleich in das große Geheimnis eingeweiht zu werden. Nichts dergleichen geschah.

Stattdessen sah ihn sein Gegenüber forschend und schweigend an. Als Freese schon nicht mehr mit einer wie immer gearteten Äußerung rechnete, fuhr der Mann fort: „Glaawe Sie des? Hä?"

Er hatte keine Ahnung, was er da glauben sollte, Freese fühlte sich aber durch den bohrenden Blick des Fragers irgendwann derart unter Druck, dass er nickte. Erst einmal. Als darauf nichts geschah, ein weiteres Mal. Sein Gegenüber holte tief Luft: „Mit mia net. Net mit mia."

Freese ertappte sich, wie er nachdachte, um welche rhetorische Figur es sich gerade gehandelt hatte.
„Glaawe Sie des?"

---

97 Sag deine Sache! Einmal mehr Lautmalerei pur.

Der so eindringlich Befragte verstieg sich vorsorglich zu einem bestätigenden Grunzen, falls sein vorheriges Nicken nicht eindeutig genug gewesen war.
„Unna uns …“
Das Gespräch fand an einem Gartenzaun statt, die Lautstärke der soeben gemachten Bemerkung wollte so gar nicht zum Inhalt passen. Schon hoben sich in der Nachbarschaft erste Vorhänge, lugten vorwitzig Köpfe hinter sorgsam getrimmten Buchsbaumbüschen hervor.

„Folgendes!“
Das war nach Freeses Erfahrung mit den hiesigen Dialektsprechern endlich ein Zeichen, dass denn doch eine halbwegs substanzielle Äußerung unmittelbar bevorstand.

„Endä! Endä Gelendä! Finniddoo! Feiaoowett! Schluss! Awwa endgildisch! Slängt! Odda mussisch ma des gfalle losse? Hä?“

Freese hatte das Gefühl, als würde sein Kopf von unsichtbarer Hand zu einem eindringlichen Schütteln genötigt: „Nein“, bestätigte er für sich unerwartet deutlich. „Keinesfalls.“
Sein Gegenüber stutzte: „Ealisch?“
Fast sah es nach einem Eingeständnis aus: *Do binnisch jetz awwa bissl iwwarascht.* Aber eben nur fast.
„Sehe Sie! Sie saare des aa. Do hawwe mas.“
Augen wanderten nach links, nach rechts und wieder nach links. Die Nachfrage kam leise: „Aaba?“
„Nix aber.“
„Äh… Alla guud. Donn … Donn is die Sach fa misch aleedischt. Brauche Sie des schriftlisch vun mia?“
„Nein.“
„Saare Sies ruisch. Isch mach Ihne des. Kä Thäämaa. Sie hawwe Ia Voaschrifde. Isch reschbeckdia des.“
„Nein, das ist wirklich nicht nötig. Ist sonst noch etwas?“

„Wisso?“ Jetzt klang der Tonfall mehr vorwurfsvoll als misstrauisch. „Hot ähna was gsacht? Hä? Als hea demit. Isch kenn des. Isch kenn die. Wisse Sie wisso? Hä?“
„Äh, nein.“
Der Mann am Gartenzaun sog hörbar Luft ein und stieß sie mit drei Worten wieder vollständig aus: „Isch – weeß – Bscheid!“

Einen Moment lang war Freese versucht, dem Dialog mit einem *Nicht mit mir! Mit mir nicht!* neue Nahrung zu geben, er entschied sich jedoch für ein abschließendes „Ja, dann ist ja alles in bester Ordnung. Dann verabschiede ich mich jetzt und bedanke mich für Ihre Aufmerksamkeit und Mithilfe.“
„Nix zum dange. Des is sebvaständlisch. Wemma was mache kann, mach ischs. So bin isch. Schun imma. Aa wenn des fa mansche net begwähm[98] is. Kenne Sie des? Hä?“
„Ja, das kenne ich.“
„Sicksch! Mia vastehe uns. Alla!“
Abrupt drehte sich der Mann um.
Freese registrierte mit Erleichterung dieses eindeutige Signal zum Aufbruch. Er war fast an seinem Fahrzeug angelangt, als ihn ein neuerlicher Ruf ereilte.

„Sie?!“
Der Mann vom Nachbargrundstück. Nein, Freeses Mission war noch nicht zu Ende.

---

[98] bequem

De Fong

Ermittlungen ins Blaue, das ist durchaus eine probate Strategie in der Sokodo. Im Normalfall dagegen folgt alles einem ausgeklügelten Plan, zumeist entwickelt von Kommissar Günda, **se Bräin***.*
Um einer Schattenjustiz auf die Schliche zu kommen – einiges spricht dafür, dass das Opfer als eine Art Friedensrichter fungiert hat – verfällt Kommissar Günda auf die Idee, einen Fond auszuloben, aus dem Schadenersatzansprüche geltend gemacht werden können, sollte man mit den schiedsrichterlichen Leistungen unzufrieden sein.

Keine halbe Stunde später meldete sich die erste Aspirantin. Fritjof Freese nahm sie in gespannter Erwartung in Empfang.
„Was kann ich für Sie tun?"
„Folgendes …"
„Ja?"
Doris Felbermann zögerte. Sollte sie wirklich dieses wohlgehütete Geheimnis offenbaren? Schließlich genoss sie als Chefsekretärin Peter Willhubers vollstes Vertrauen, war dessen rechte Hand. Selbst bei schnöden Schreibarbeiten brachte sie sich ein. Ihre Aufgabe bestand im Übersetzen, was die eine oder andere Umformulierung erforderlich machte.
Angefangen bei *Liewe Leit – Sehr geehrte Damen und Herren* – über die Formalien, insbesondere den Geschäftsbericht – *de üblische Kees* – bis zur abschließenden Einladung zum Essen: *Sebvaständlisch gibts aa widda oddentlisch was zum Spachtle! Alla, eian Peda – hoffe ich auf Ihr zahlreiches Erscheinen und verbleibe bis dahin mit freundlichen Grüßen, Ihr Peter Willhuber.*

Freese ahnte ihre Bedenken und versuchte, die zu zerstreuen.
„Sie können vollstes Vertrauen zu mir haben, ich bin bei der Polizei. Was haben Sie auf dem Herzen?"
Das war der richtige Ton. Schon sprudelte es aus ihr heraus.

„Isch hab mol ä Hängale[99] ghabt."
Häng-ga-lö, dieser Begriff war Freese noch nie begegnet. So putzig er ihn fand, er hatte keine Ahnung, was damit gemeint sein könnte.
„Ein was?"
„Ä Hängale."
„Tut mir leid, das verstehe ich nicht. Würden Sie mir das bitte erklären?"
Doris Felbermann war irritiert. Wie konnte es sein, dass dieser junge, noch dazu ziemlich attraktive Mann derart prüde war?
„Is Ihne des noch nie begegnt?"
„Nein, tut mir leid. Da habe ich wohl bisher etwas verpasst."
„Des brauch Ihne net leid du. Mia duds leid, kann isch Ihne saare. Wenn isch des gewisst heed, wie des leeft. Kenne Sie die Fraa Willhuba?"
„Nein."
„Do hawwe Sie nix vabasst."
„Aha."
„Die Orschl[100]!"
Um ihren Erzählfluss nicht zu stoppen, verzichtete Freese auf eine Nachfrage und nickte bestätigend.
„Guud, ian Monn, de Peda, dea is jetz aa net grad de Pitts Brädd."
„Brad Pit?"
„Issa net."
„Nun, wer ist das schon."
„Uff jedn Fall, mia schaffe doch zamme. Bei de Spaakass."
„Sie arbeiten also beide bei der Sparkasse. Sie und der Nicht-Brad-Pit."
Doris Felbermann stutzte kurz und fuhr dann fort: „Un beim Schaffe …"

---

[99] Verhältnis

[100] linkische Frau

„Bei der Arbeit …“, übersetzte Freese nicht ohne Stolz.
„… do hawwisch gemeiikt, de Peda, dea wu moin Scheff is, dea waa manschmol so gedatscht. Is jo kä Wunna, hawwisch gedenkt, bei derre Fraa.“
„Bei der Orschel.“
„Gönau.“
„Un dann is ähns zum annare kumme, Sie wisse, wies is. Ach Gott, nää, Sie wisses jo net. Wie willischn saare, mia sin hald zammekumme.“
„Ihr Chef und Sie.“
„Gönau.“
„Aber ohne Orschel.“
„Hea mol, wolle Sie misch utze[101]?“
„Wie dem auch sei, was haben Sie beide dann gemacht?“
„Drei Mol derfe Sie roode. Wie alt sin Sie? A, was ma so macht.“
„?“
„Als Fraa un Monn.“
„Ach so, jetzt verstehe ich, Sie hatten ein Verhältnis mit Ihrem Chef, eine verhängnisvolle Affäre wie in dem Film mit Michael Douglas.“
„Bloß dass meina net de Daggles Maikl waa. Sie kenne des also doch, dann binnisch beruischt.“
„Aber ja.“
„Hawwe Sie des vleischt a mol ghabt?“
„Ein Verhältnis mit meinem Chef? Ich glaube, davon würden wir beide nichts halten.“ Freese musste über seinen gelungenen Scherz schmunzeln. „Und wo liegt jetzt das Problem?“
„Die Orschl …“
„Seine Frau…“
„Gönau. Die hot des gemeiikt, die is dehinna kumme, weil dea Dabbes zu bleed waa. Un donn hot die gsacht: *Die odda isch.* Mit Uldimadumm. Simmia zum Schorsch gange.“

---

101 auf den Arm nehmen

„Mit der Orschel.“

„Nadierlisch net! Bloß mia zwee. Mia hawwe uns als gedroffe in de Pfalz. In Kallstadt. Do hot dea ä Feriewoohnung ghabt. Do ware mia als, wies noch guud gloffe is. Hammia demm alles vazehlt, demm Schorsch, un dea hot gfroocht *Sollisch entscheide fa eisch? Wollt ia des?* Hammia gsacht *Ja, Schorsch. Alla hopp*, hodda gsacht, *du gehsch zu deinare Fraa zrick.*“

„Zur Orschel.“

„*Un dodefoa kriggts Dorle die Woohnung iwwaschriwwe.*“

„Ah ja. Und wie fanden Sie diese Lösung?“

„Net schlescht. Unna uns, des waa mia graad rescht, des waa schun ä Weil nimmi so brigglnd[102].“

„Und wo ist jetzt das Problem? Wie kann ich Ihnen helfen?“

„Des kannisch Ihne saare: Bei derre Woohnung, do is jetz die Heizung gabudd.“

---

[102] prickelnd

Die Orschl

Sie liegen richtig, diese Episode muss natürlich eine Fortsetzung erfahren. Wenig später findet sich eine nächste Beschwerdeführerin ein, von schnöder Gewinnsucht getrieben.

„Was führt Sie zu mir?"
„A, de Fong."
„Nein!", entfuhr es Freese.
„Hä? Lea? Des aa noch?"
„Nein, nein, erzählen Sie!"
„Allo, isch waa aa beim Schorsch. Weje moim Monn."
„Hm."
„Weil, dea is newenausgange."
„Wie?"
„Wie wie? Kä Ahnung, dea hot hald ähni ghabt. Newa mia."
„Oh. Schlimm."
„Hot misch net gjuggt."
„Aha."
„Is mia grad rescht. Hawwisch mei Ruh."
„Verstehe."
„Bloß mit wemm dass dea Sseckl newenausgange is, des hot misch gfuchst."
„Ah ja, und wer ist Ihr Mann?"
„Moina, des is de Scheff vun de Spaakass."
„Ach, dann sind Sie die Orschel."
„Hä?"
„Orschel", Freese witterte die Chance, Vertrauen aufzubauen. „Ich finde, das passt sehr gut zu Ihnen."
„Was saare Sie zu mia?"
„Orschel", wiederholte Freese, nun etwas zaghafter. „Das sagen aber auch andere."
„Wea sacht des. Hä? Vun wemm hawwe Sie des? Hä?"
Die Fragen klangen für Freese überraschend vorwurfsvoll.

„Nun, das ist ja kein Geheimnis, das ist doch allgemein bekannt“, führte er ins Feld. Doch es war bereits zu spät.
„Sie hawwe iwwa misch gsproche, stimmts? Mit wemm? Isch weeß des genau. Mit derre Blunz[103], derre bleede. Die hot des uffgebrocht. Wennisch die vawisch!“
„Jetzt beruhigen Sie sich doch, Frau, äh, Orschel!“

Es bedurfte fünfzehn Minuten, und Freese musste seinen geballten Charme aufbieten, um Monika Willhuber wieder halbwegs zu beruhigen.
„Wenn ich das gewusst hätte, ich konnte ja nicht ahnen, was dieses Wort für eine scheußliche Bedeutung hat. Und das ausgerechnet für eine so aparte, reizende Frau wie Sie. Unverzeihlich. Wie kann ich das nur wieder gutmachen?“
Freese ergriff ihre Rechte, was ihm die Absolution einbrachte.
„Isch hab misch schun gewunnat, soän schnuggelische Kärrl wie Sie, un donn soä beeses Wortt. Schwamm driwwa. Alleedischt, deedisch saare, Härr Kommissaa!“
Sie schob mit Bestimmtheit ihrer beide Hände in Richtung Handkuss. Freese nahm einen stechenden, metallischen Geruch wahr und flüchtete sich in einen Husten.
„Da bin ich beruhigt. Jetzt nochmal zu Ihrem Mann.“
„Dea Lumbesseckl!“
„Gewiss. Aber Sie sind weiterhin zusammen.“
„Wea? Die bleed Subb[104] un moin Monn? Wenn des stimmt, dann is dea aleedischt, do kenne Sie ähna druff losse.“
„Nein, nein, ich meine, Sie und Ihr Mann, Sie beide sind wieder glücklich vereint.“
„A, so aiig deedisch des jetz aa widda net saare. Die Hauptsach is, dea geht nimmi newenaus mit derre.“
„Aha. Und welche Rolle spielte bei dem Ganzen Wohlrabe?“

---

103 billige Blutwurst

104 wörtlich: blöde Suppe

„Mia sin zum Schorsch un hawwe gsacht *Hoisch zu, mia hawwe ä Probblähm, du musch uns helfe.* Un donn hot dea gsacht *Alla guud, so mache mas, isch entscheid. Du gehsch nimmi mit derre newenaus, un dodefoa schmeißt disch dei Fraa net naus.*"
„Das hätten Sie gemacht?"
„Des glaabsch awwa."
„Aber dann hätten Sie ja auch einen erheblichen Verlust erlitten, ich meine, Ihr Mann bekleidet immerhin eine gute Position."
„Dea? Dea hot doch nix hinne druff. Des kummt doch alles vun mia. Un wenn moin Vadda net in de Bolledick was zum saare heed, do wäa doch dea des im Leewe net worre. Ähn Ooruf! Ähn Ooruf zu moim Vadda! Bloß ähna!"
„Auf jeden Fall Ende gut, alles gut. Und weshalb wollten Sie jetzt zu mir?"
„Ealisch gsacht, Sie deede mia gfalle."
„Äh …"
„Jetz sin Sie awwa vaschrogge, gell? Klähne Witz. Obwoohl … Nänää, kä Ängscht. Folgendes: die schafft imma noch bei demm, die bleed …"
„… Plunz?", ergänzte Freese.
„Sie saares. Awwa so hammia net gewett. Isch sach mol so: Dass die gfeiat wärdd, des wäa ma schun aiig, un des deed mia schun lange. Obwoohl weje demm annare…"
„Gut, Frau Willhuber", unterbrach Freese, dem nicht an weiteren unverständlichen Details gelegen war. „Ich kümmere mich um die Angelegenheit."
„Sauwa, des wäas. Im Fall, dass des glabbt, krieje Sie nadierlisch aa was vun mia."
„?"
„Än Schmatza."

So schnell lässt sich etwas klären. Und ein neues Problem entsteht. Denn Freese hat natürlich keine Ahnung, was er da soeben versprochen hat.

Welli und Selli

Kommissar Günda weiß, dass man eine raffinierte Falle wie den Geschädigtenfond effektiv platzieren muss und scheut dafür auch nicht den höchstpersönlichen Einsatz. Er ist nicht sonderlich eitel, auf seinen Haarschnitt legt er schon gar keinen Wert. Da er jedoch um die Multiplikatorenfunktion mancher Einrichtungen weiß, unternimmt er spontan einen Friseurbesuch.

Heit net![105], verkündete das Schild an der Eingangstür. Gerade wollte er kehrt machen, als eine Dame den Frisiersalon verließ. Kommissar Günda war irritiert.
„Äh, Sie wärre entschuldische. Is doch offe?"
„Blouß priffaat[106]", entgegnete die frisch Ondulierte schnippisch, was Kommissar Günda erst recht veranlasste, den Laden zu betreten.

„Blouß priffaat", scholl es ihm vielstimmig entgegen. Wandseitig artig aufgereiht blickten die Spezialkunden gleichzeitig von in die Monate gekommenen Zeitschriften auf und musterten ihn tadelnd. An den gegenüberliegenden Waschtischen lugten zwei Frauen neugierig unter Gerätschaften hervor, die auf ihren Köpfen wie überdimensionale Eierwärmer aussahen.

Kommissar Günda hatte seinen Stammbarbier, ewig keinen Frisiersalon mehr betreten und benötigte einen Moment, bis er erkannte, wozu diese dienten: *fa die Hoa zum driggle*[107].

„Oh liewi Zeit! Was isn des?", staunte der Meister und nahm die Herausforderung an.

---

[105] Heute nicht!

[106] privat

[107] trocknen

Kurz darauf fand sich Kommissar Günda frisch geföhnt in der Sokodo ein.
„Fällda was uff, Freese?"
„Sie waren beim Friseur."
„Unn? Wie finschs?"
„Der Schnitt ist etwas kurz, aber bestimmt praktisch. Die Farbe ist vielleicht etwas gewöhnungsbedürftig."
„Faab? Welli."

Welli[108], dieses Wort hatte Freese lange Zeit Rätsel aufgegeben, bis ihn Kommissar Günda eines Tages aufgeklärt hatte, dass es sich dabei um ein Fragepronomen handelte.
Was Freese an diesem Wort so irritiert, was ihn auf die falsche Fährte gelockt hatte, das war dessen Sprachmelodie. Hatte er doch in der Schule gelernt, dass der Sprecher bei einer Frage mit der Stimme nach oben zu gehen habe. Bei diesem *welli* dagegen hörte man kein Fragezeichen, sondern eher einen feststellenden Punkt.
Des is demm Mischl sei Fraa. – Welli.
Man blieb auf dem Ton oder senkte gar die Stimme. Folgerichtig hielt es Freese erst für einen Ausdruck von Geringschätzung. Vollends verwirrend klang für ihn das übliche Quittieren von *welli* durch die Nennung eines weiblichen amerikanischen Vornamens, der in der Region weit verbreitet schien.
Des is demm Mischl sei Fraa. – Welli. – Sally[109].

„Hea mol, Freese, des is kää Faab. Isch mol doch mei Hoa net oo[110]. Was denkschn du?"
„Tschief, das ist doch gar nicht schlimm, viele färben sich die Haare, auch Männer."

---

108 Welche?
109 gemeint ist vielmehr *selli*: diese
110 Ich male doch meine Haare nicht an.

„Awwa isch net. Des sieht bloß so aus, weil die Hoa so korzz sin. Des bringt moin nadierlische Tooon[111] bessa zua Geldung."

„Gelb?"

„Geel? Isch glaab s-hackt. Hosch dus mit de Aare, bisch du faaweblind? Des is doch net geel, des is strohblond. Des waa isch ibbrigenz schun als klähna Buu. Des kamma bloß net sehe uff denne Foddoo, weil isch kumm aus derre Zeit, wu die noch net faawisch ware. Bei uns jednfalls. Un jetz losse mia des mol mit denne Unnastellunge fa mei Hoa. Bisch so guud?[112]"

---

[111] das dritte *o* habe ich hier unüblicherweise verwendet, um das regelrechte Mäandern des Lautes zwischen o und a klarzumachen.

[112] unschwer erkennbar eine eher rhetorische Frage

De neie Schimanski

Es kommt vor, dass Kommissar Günda neben ermittlungstaktischen Erwägungen noch einen anderen Beweggrund hat, einen Friseur aufzusuchen. Zum Beispiel, wenn das Fernsehen nach den ersten erfolgreich abgeschlossenen Fällen der Sokodo auf unseren Helden aufmerksam wird. Er soll doch tatsächlich der neue TV-Kommissar der Region werden. Das jedenfalls ist das Ergebnis einer großen Umfrage in den hiesigen Zeitungen. Ein Votum, das viele überrascht. Nicht zuletzt die Fernsehmacher. Nach einigem guten Zureden lässt sich Kommissar Günda auf das Abenteuer ein, obwohl für ihn eigentlich feststeht: ***Färnnseh, des issn Kees.***
Er soll Recht behalten.

Kommissar Günda war in Eile. Viel zu spät war er losgefahren, weil er zu lange verschiedene Kleidungsstücke anprobiert hatte. In seiner Verzweiflung hatte er Marion Helche angerufen, hatte auf nähere Erklärungen verzichtet, für welchen Anlass er sich vorbereitete, stattdessen etwas von *schun offiziell, jednfalls mit Foddoo, vleischt aa mit Ffiddeoo* gemurmelt, und sie hatte ihm zum einzigen Anzug geraten, der sich in seinem Schrank schon seit nunmehr gut zwanzig Jahren befand und der immer ein wenig nach Mottenkugeln roch. Er trug diesen Anzug für gewöhnlich bei Beerdigungen und offiziellen Verabschiedungen im Präsidium. Das bunte Hawaiihemd schien ihm zwar etwas unpassend, aber im Hinblick auf dessen gebügelten Zustand – er hatte es 1998 aus der Reinigung geholt und seither keinen passenden Anlass gefunden, es wieder anzuziehen – die einzig tragbare Möglichkeit.
Er wäre sogar pünktlich gekommen, hätte ihn nicht die Preisauskunft in der Heidelberger Bergbahn aufgehalten.
„Wie bidde? Was koscht des zum Schloss? Hea mol, isch bin vun doo, isch bin kään Turischt, denn ia ablatze[113] keent. Un

[113] ausnehmen

isch hab än wischdische Tammien do drowwe[114]."
Der Mitarbeiter ließ sich nicht erweichen, Kommissar Günda wiederum zeigte sich nicht bereit, selbst zu diesem besonderen Anlass so tief in die Tasche zu greifen.
„Weesch was, dann laafisch hald. Die Trepp nuff. Des geht eh schnella."
Eine, wie sich rasch zeigte, voreilige Entscheidung. Mehrmals musste Kommissar Günda anhalten, um zu verschnaufen. Als er schließlich hoffnungslos außer Atem im Schlosshof angekommen war, übersät mit Kameras und einer beträchtlichen Anzahl Schaulustiger, darunter etliche ihm wohlbekannte Gesichter, hörte er gerade noch die reißerische Stimme aus den Lautsprechern:
„Die Kurpfalz hat entschieden, Sie haben gewählt. Und heute stellen wir Ihnen den Sieger vor. Er ist jung, er ist dynamisch, modern, er sieht verdammt gut aus, und wenn es um Recht und Gesetz geht, kennt er keine Gnade, hier ist Mister Kurpfalz: unser, Ihr Kommissar Günda!"
„Äh … Hallole zamme!"

Aller Augen wandten sich in Richtung des frisch proklamierten Helden. Grundsätzlich bereit zum Jubel zögerte die Menge, denn irgendetwas stimmte offenkundig nicht. Die Fernsehverantwortlichen wirkten alles andere als begeistert.
„Das ist er???"
Harald Heist, der hauptverantwortliche Redakteur der Abteilung *Fiktionales* war eigens aus Köln angereist. Seine kaum mehr flüsternde Frage war an Sandy Bergmann gerichtet. Die schien fassungslos. Kommissar Günda beschloss, die ausstehende Antwort selbst zu geben.
„Isch glaab schun. Soviel isch weeß, bin ischs, de Günda."
Der jetzt umso rascher aufbrausende Beifall mündete alsbald in

[114] dort oben

einen Sprechchor: „Günda! Günda! Günda!“
Der Schlosshof erbebte. Der Gefeierte wiegelte ab.
„Un jetzat?“
„Raiwa un Schanndaam[115]!“
Der Zwischenruf kam aus der Neckargemünder Lokalredaktion.
„Auf! Heidlbäiig geje Monnem[116]!“

So ausgelassen die Stimmung war, die Fernsehmacher ließen sich nicht anstecken und tuschelten wild gestikulierend aufeinander ein. Schließlich löste sich Sandy Bergmann aus der Gruppe, stakste auf Kommissar Günda zu und wäre beinahe vor diesem mit ihren hohen Absätzen auf dem unebenen Pflaster umgeknickt, hätte er sie nicht soeben noch aufgefangen.
„Ua! Was fan Tschentlmään[117]!“
Unverhohlene Anerkennung aus dem Publikum.
„De Ridda Roscht is än Kees geje unsan Jungga[118] Günda!“
„Wer sind Sie?“ Sandy Bergmann blickte ihrem Retter ungläubig in die Augen. „Ich habe Sie noch nie gesehen, wo ist der junge Mann, mit dem ich alles geklärt habe?“
„Moment. Äh, derft isch Sie grad mol absetze?“ Kommissar Günda machte seiner Erleichterung mit einem Seufzer Luft.
„Alda Schlabbe[119], die is bissl schwerer als wie dass sie aussieht.“

Während dieses Zwischenspiels hatte sich Harald Heist des Mikrofons bemächtigt: „Meine Damen und Herren, Sie sehen und hören es, die Wahl stößt auf breiteste Zustimmung. Dann frage ich Sie hiermit: Kommissar Günda, nehmen Sie die Wahl an?“

---

[115] Räuber und Gendarm
[116] Mannheim
[117] Gentleman
[118] Junker
[119] wörtlich: Alter Schuh! Ausruf des Erstaunens

„Hajo! Isch machen eisch!“
„Wie bitte?“
„A, sebvaständlisch!“
„Ich deute das als ein Ja. Prima! Herzlichen Glückwunsch! Das ist also unser neuer Fernsehkommissar. Ein Gesicht, das man sich merken muss.“

„Günda! Günda! Günda!“

„Natürlich“, Harald Heist hatte angesichts der brandenden Begeisterung Mühe, sich wieder Gehör zu verschaffen, „natürlich werden wir gewisse Veränderungen vornehmen. Das Styling ist noch nicht perfekt. Der Anzug“, er rümpfte mit gespielter Verwunderung die Nase, „scheint mir etwas in die Jahre gekommen. Und das Hemd, mehr tot als schick. Hahaha. Aber dafür haben wir unsere Spezialisten. Ich freue mich, dass ich Ihnen hier in dieser einmaligen Kulisse, mit diesem herrlichen Blick auf den äh …, auf diesen malerischen Fluss unseren künftigen Helden präsentieren kann. Noch dazu ein echter Kriminalkommissar, auch das ein absolutes Novum im deutschen Fernsehen. Das Drehbuch liegt schon vor: ein Knüller, ein Reißer, das Zeug zu einem Straßenfeger. Gut, es werden noch gewisse Feinabstimmungen erfolgen müssen, um es unserem Helden auf den Leib zu schneidern. Dann kann es aber auch schon losgehen. Die Drehorte bleiben zu diesem Zeitpunkt noch geheim, aber ich darf Ihnen versprechen, alle wichtigen Flecken in Ihrer wunderschönen Region werden auftauchen. Und eines steht schon fest: dieser Mann ist ein ganz neuer Typ Kommissar.“
„Des stimmt.“
„Mei Redd.“
„Jetz seh ischs aa.“
„Er hat einfach das gewisse Etwas. Unter uns: Er wäre auch meine Wahl gewesen. Gibt es Fragen?“

„Äh“, Kommissar Günda meldete sich zu Wort. „Isch deed misch mol gärnn indressiere, kannisch ebba[120] mitbringe?“
„Mitbringen? Zum Dreh, zum Zuschauen? Ihre Frau, die auf den wunderschönen, seltenen Namen *Ebba* hört? Selbstverständlich, für unseren Hauptdarsteller machen wir alles möglich.“
„Fraa? Dea hot doch kähni!“
Ein Zwischenruf aus den hinteren Reihen.
„Des spielt jo jetz kää Roll.“ Kommissar Günda scheute dieses Thema.
Sandy Bergmann flüsterte Harald Heist etwas ins Ohr.
„Keine Frau? Nanana, das dürfte sich nach der ersten Ausstrahlung unseres Krimis schlagartig ändern. Ich bin sicher, unser neuer Held wird sich vor Angeboten kaum retten können.“
„Oh liewi Zeit, des fehlt mia grad. Nää, isch mähn, isch brauch jo än Assischdent.“
Kommissar Günda nickte vielsagend in Richtung Freese, der sich unter die Menge gemischt hatte.
„Gut, dass Sie das anschneiden, lieber Herr Kommissar. Eigentlich sollte das noch ein Geheimnis bleiben. Aber nun verrrate ich es hier und jetzt. Eine gute und eine schlechte Nachricht. Erst die schlechte: Sie werden keinen Assistenten bekommen.“
„Ou. Schaad.“
„Dafür eine Assisten**tin**! Und das ist sie: unsere, Ihre – Sandy Bergmann!“
„Sauwa!“, freute sich Kommissar Günda, und die Ausgedeutete lächelte pflichtschuldigst hinterdrein.

---

[120] jemanden

Färzz wiss Wooking Schdicks[121]!

Die Fernsehleute stammen nicht aus der Region und bitten ihren neuen Star um Hinweise, welche Orte in diesem Kurpfälzer Krimi unbedingt auftauchen sollen, er kenne doch bestimmt ein paar veritable Geheimtipps. Daraufhin lotst er das Team zu einer unscheinbaren Holzbrücke mitten im Wald: **die Luddarisch Brick**.
„Än gonz geheime Tipp", wie er treuherzig versichert.
Was untertrieben ist.

Ehe wir uns den Dreharbeiten widmen, noch kurz eine Hintergrundinformation: Diese Brücke, die zum zentralen Ort des Krimis wird und nach der ich ihn benannt habe, gibt es tatsächlich. Ihren Namen erhielt sie, weil früher die Protestanten aus Walldorf über eben diese Holzbrücke mussten, um zur nächsten Kirche im Nachbarort zu gelangen.

Für eine meiner zahlreichen hochdeutschen Buchhändlerinnen übrigens ein irreführender Titel. Ich erinnere mich gerne, wie sie erstmals das Buch in die Hand nahm und spontan übersetzte: „Ah, die literarische Brücke!"
Ich ließ sie in dem Glauben.

„*Engel und Donner.* Brückentotale, die erste. Und Action! Und stopp!"
Der Kamerakran hielt in der Bewegung inne. Eine Gruppe von fünf energisch stapfenden Walkerinnen hatte sich der Lutherischen Brücke genähert.
„Fiona! Eric! Bitte!"

Das war der Nachteil. So schön es war, an diesem abgelegenen Ort fern überlaufener, verkehrsreicher Städte operieren zu

---

121 Färzz mit Krigge – so die Originalformulierung, wörtlich übersetzt: Fürze mit Krücken. Obenstehende Formulierung versucht, ausländischen Touristen dieses wunderbare Bild näher zu bringen.

können, so anfällig war diese Situation für Störungen anderer Art. Man konnte eben nicht einen ganzen Wald absperren. Regieassistentin und Aufnahmeleiter waren entsprechend gefordert.

„Meine Damen, ich muss Sie bitten umzukehren, es finden hier Dreharbeiten statt."

„Färnnseh?"

„Ja, fürs Fernsehen."

„Fa waas?"

„Das ist noch streng geheim." Fiona Engelhard wurde nachdrücklicher. „Ich muss Sie bitten, sich hinter die Absperrung zurückzuziehen."

„Fiona, warte mal", ließ sich Didier Hofmann vernehmen. Er hatte seinen Regiestuhl verlassen und ging auf die Damen zu. „Ich finde das gar nicht schlecht, wenn ab und zu Leute auftauchen. Das bringt ein bisschen Leben in die Schnittbilder. Darf ich Sie bitten, meine Damen. Wenn Sie noch einmal ein Stück zurückgehen und dann ganz natürlich über die Brücke schlendern."

„Wokke[122]! Mia schlendare net, mia wokke! Des is Sportt."

„Von mir aus. Bitte. Dann kommen Sie also gewalkt. Was machen Sie jetzt?"

„Ärschda widda waam mache. Mia sin jo schun gonz kihl worre wejem Rumsteh un Dummbabble."

„Wie dem auch sei, also dann, alle auf Position. Die Damen noch ein Stück zurück, und wenn Ihnen meine Assistentin das Zeichen gibt, laufen Sie los. Verstanden? Kamera läuft?"

„Kamera läuft."

„*Engel und Donner*, Brückentotale, die zweite."

„Und Action!"

Der Kamerakran schraubte sich in die Höhe, schwenkte über die Brücke und erhaschte einen Blick auf fünf winkende Frauen.

---

[122] Walken

„Stopp! Laufen, nicht winken!"
„A, sachs doch glei."
„Hä, wissoän des?"
„Gonz nadierlisch hawwe Sie doch gsacht, un wenn misch ähna foddografiat, wink isch. So bin isch."
„Isch aa."
„Heeflisch[123] halt."

Nach weiteren fünf Anläufen war die Szene endlich im Kasten.
„Vielen Dank, das wars. Besser gehts nicht. Sie dürfen jetzt gerne die Brücke passieren, wir haben, was wir brauchen."
„Un wann kummt des im Färnnseh?"
„Wissen wir noch nicht. Auf Wiedersehen, die Damen!"
„Mooment, ähns noch: Awwa bloß vun vornne! Dass des mol klaa is."
„Bitte?"
„Isch will net, dass ich vun hinne gezeigt wärdd. Weil die Hos, die trägt bissl uff."
„Do hosch du rescht, Brigidde. Do sachsch du was, kannsch nix mache. Do kannsch du noch soän schääne Bobbes hawwe, in derre Hos seh isch imma aus wie än Granadsplidda[124]."

---

[123] Höflich
[124] Süßgebäck mit Schokoladenüberzug, kegelförmig

TV-Kommissar Günda, Klappe, die erste

„So, Günda, nun kommen wir zu deinem ersten Einsatz. Ich gehe davon aus, du hast den Text gelernt."
„Äh, wie Text?"
„Das Drehbuch! Wir haben es dir doch letzte Woche per Mail zukommen lassen."
„A des. Klaro."

Dem ist leider nicht so. Durch einen unglücklichen Umstand hat Kommissar Günda das Drehbuch zwar per Mail erhalten, aber unfreiwillig gelöscht. Was er als TV-Newcomer natürlich nicht gleich zu Drehbeginn eingestehen will. Er setzt auf seine Gabe zu improvisieren, auf sein Bauchgefühl. Das wird er schon hinkriegen.

„Schön. Wir drehen also wie angekündigt als erstes die Schlussszene."
„Ähä. Wissoä?"
„Bitte?"
„Warummä?"
„Das musst du schon dem Regisseur überlassen. Spaß beiseite. Das hängt nicht zuletzt mit Praktikabilitätsaspekten zusammen. Wir gehen nicht chronologisch vor, sondern nach den einzelnen Spielorten. Der eigentliche Film entsteht erst im Anschluss. Am Schneidetisch. Das Licht ist jetzt ideal für die Schlussszene. Fiona kümmert sich um dich, sie zeigt dir die jeweiligen Positionen."
Die Regieassistentin bugsierte Kommissar Günda auf die Brücke.
„Folgendes, Günda: Du schaust stur in Richtung Wald. Sehr gut. Genau so. Und dann kommt auf mein Zeichen Sandy und stellt sich neben dich. Sie blickt in die gleiche Richtung. Und dann bringt ihr den Text."
„Kamera läuft. Und Action!"

Kommissar Günda spürte nun doch etwas, das ihn höchst selten befiel: Nervosität. Es kam ihm vor wie eine Ewigkeit. So lange konnte es doch nicht dauern, bis seine Filmpartnerin die wenigen Meter zurückgelegt hatte. Etwas musste schiefgelaufen sein. Er drehte sich nach ihr um.
„Stopp! Du sollst nicht nach ihr schauen, Günda. Du blickst nur in den Wald. Und Action!"
Das Knarzen war ein gutes Zeichen, jemand betrat die Brücke, stellte sich neben ihn, er spürte das.
„Und jetzt der Text. Sandy!"
„Es ist spät geworden, sehr spät."
„Ach Gott, du bisch des? Mit dia heedisch jetz net gereschlt[125]."
„Stopp! Was ist denn das für ein Text? Günda, entschuldige. Du musst dich schon an das Drehbuch halten. Du bist nicht überrascht. Du bist cool. Supercool. Die Brücke ist zu eurem Treffpunkt geworden. Hier hat der Fall begonnen, hier findet er seinen Abschluss. Es ist eure Schicksalsbrücke."
„Vasteh schun. Wie die Brick am Gwei[126]."
„Bitte?"
„Die Brick." Kommissar Günda deutete auf die im Mittelpunkt stehende Kulisse.
„Die Brücke, ja. Und weiter?"
„Die Brick am Gwei."
„?"
„Kenne Sie des net? Des issn Film, Kinnoo. Schun alt. Awwa barihmt[127]."
„Ach, jetzt verstehe ich: die Brücke am Geweih. Ein Wortspiel. Putzig, der Humor hier."
„Hm?"
„Also nochmal. Die Positionen bleiben, nun der Text. Bitte!"

---

[125] gerechnet
[126] Kwai
[127] berühmt

„Es ist spät geworden, sehr spät."
„Do sachsch du was."
„Stopp! Gut, das ist wahrscheinlich die Aufregung. Fiona, hilf ihm auf die Sprünge."
„Dein Text lautet: *Ja. Aber nach dem Blitz kommt der Donner.*"
„Und Action!"
„Es ist spät geworden, sehr spät."
„Hajo, äh, isch mähn gönau. Awwa nochem Blitz, do kummt de Dunna!"
„Sehr schön. Und jetzt das Ganze nochmal – aber auf Deutsch!"

Dummbabbla, voanehme

Vorurteile gegenüber Dialektsprechern kennt Kommissar Günda zur Genüge. Dass man jedoch derart respektlos und herabwürdigend mit ihm umspringen würde, das hätte er an dieser Stelle nicht für möglich gehalten. Im Kreise von Kreativen, Studierten, Schöngeistern.
Abends macht er seinem Ärger Luft:

„Weesch, was misch uffregt, Freese? Dummbabbla. Voanehme, hochneesische Dummbabbla."
Es war höchst ungewöhnlich, dass sich Kommissar Günda bei seinem Assistenten zu Hause meldete. Noch dazu zu nachtschlafender Zeit. Freese beschlich der Verdacht, dass er auch nicht mehr ganz nüchtern war.
„Was ist denn passiert, Tschief?"
„Nix. Außa dass isch net schwätze derf, wie isch schwätze du."
Freese ahnte den Hintergrund des Anrufes: „Es gibt also offenbar Verständigungsprobleme."
„Die gugge misch oo, wie wennisch Esberando babble deed."
„Nun ja, für Außenstehende hat das Kurpfälzische tatsächlich etwas davon."
„Bidde?"
„Ich verstehe, Sie sollen keinen Dialekt sprechen."
„Gönau. Awwa wie solln des gehe? Ärschdens. Un iwwahaupt."
„Langsam, Tschief. Mich interessiert vor allem, wie liefen denn die ersten Dialoge mit Ihrer Partnerin vor der Kamera?"
„Dialoog? Do lachisch jo. Des waa kään Dialoog. Mia sinn gstanne, newananna, un dann sescht de ää was un donn de anna."
Freese fürchtete, das nächtliche Gespräch könnte nun doch ins Weltschmerzliche abdriften.
„Tschief, ich möchte nicht unhöflich sein, aber es ist halb eins."
„Mescht mia nix."
„Und ich bin nicht allein."

„Guude Idee, dann geb ma sie mol grad, dei Muddi."
„Tschief, ich habe gerade Besuch!"
„Wea?"
„Kennen Sie nicht."
„Sischa?"
„Tschief, das ist jetzt wirklich nicht der geeignete Moment. Aber ich kann morgen gerne vorbeikommen am Set."
„Wu?"
„Am Drehort."
„Nänää, loss des narre! Mogge hawwisch eh frei, do wärdd jo gfilmt, wie sie die Leisch finne."
„Spannend. Wer spielt denn die Leiche?"
„Was weeßnisch. Wahrscheinz isch, wenn des so weida geht."
„Tschief, ich schlage vor, Sie schlafen nochmal drüber, und vielleicht können Sie ja etwas gemäßigter sprechen, etwas weniger breit."
„Än halwe Günda? Donn loss ischs gonz."
„Also gut, wir treffen uns morgen im Roten Ochsen."
„Des geht net. Sebvaständlisch bin isch mogge am Tatortt. Isch muss doch wisse, was bassiat is."
„Aber das wissen Sie doch, Tschief, Sie kennen doch das Drehbuch."

Wäre Freese nicht in diesem Moment sanft und nachdrücklich von fremder Hand daran erinnert worden, dass er gerade seinen Besuch über Gebühr vernachlässigte, worauf er postwendend reagierte – „Tschief, ich muss jetzt leider wirklich aufhören!" –, hätte ihm Kommissar Günda gerne ein Geständnis gemacht. So aber verlor er sich im Ungefähren: „Alla donn."

D-Aschdritt

Wenn auch lediglich für einen Fernsehfilm, nun hat Kommissar Günda also eine Assistentin. Eine neue Erfahrung. Wohnen wir der ersten privaten Begegnung der beiden abseits der Dreharbeiten bei, in der sich eines abzeichnet: Unser so erfahrener, ausgebuffter, mit allen Wassern gewaschener Held ist leicht entflammbar und was Frauen angeht ***äfach bissl dabbisch****.*

Sandy Bergmann beschloss, den beruflich eher frustrierenden Tag für einen Waldspaziergang zu nutzen, was sich mit ihrem Schuhwerk als mühsam erwies. Bereits an der nächsten Anhöhe steuerte sie gedankenversunken auf einen Hochsitz zu, den sie unweit des Weges aus den Augenwinkeln entdeckt hatte, entledigte sich ihrer Schuhe mit einer schleudernden Bewegung und schickte sich an, die sieben groben Stufen zu erklimmen. Sie war nicht willkommen.

„Bsetzt!"

Die Stimme kam ihr bekannt vor, das Gesicht war verdeckt, der Mann hielt ein Fernglas vor den Augen.

„Sie? Was machen Sie denn hier?"

„Isch? Nix."

Kommissar Günda fühlte sich ertappt und ärgerte sich über seine Formulierung, die genau das bestätigte.

„Sind Sie etwa der Jäger aus Kurpfalz?"

„Hä? Wisso?"

„Na, das Fernglas, der Tarnumhang."

„Hmpf."

„Was gibts denn hier im Wald? Wildschweine?"

„Nää."

„Rotwild? Wölfe?"

„Maiglegglin."

„Sie schießen auf Maiglöckchen? Na, dann will ich Sie nicht weiter stören."

„Äh, Sie, Frauä Määndi …“
„Sandy, Sandy Bergmann.“
„Auf! Was solls. Kumme Sie hald nuff!“
Sandy Bergmann zögerte und blieb auf der vorletzten Stufe stehen.
„Ich will Sie nicht stören.“
„Ealisch gsacht, vun Ihne deed isch misch gonz gärnn steere losse. Un die Maiglegglin, die hawwe sisch eh grad vastecklt.“
„Na, wenn das so ist.“
„Alla, hogg disch, äh, isch mähn, deede Sie sisch grad mol hiehogge? Ruisch newa misch.“
„Ja, wo auch sonst.“
Sie nahm neben dem Kommissar Platz, wofür der in Anbetracht der Enge etwas umständlich hin- und herrücken musste.
„Und jetzt?“
„Knutsche ma bissl rum. Wie fria.“
Sie lachte lauthals.
„Nänää, kää Ängscht. Klähna Witz.“
„Sagen Sie bloß, Sie haben sich früher mit Ihrer ersten Liebe auf dem Hochsitz getroffen?“
„Hajo.“
„Mit einer Wolldecke, die Sie heimlich dorthin geschmuggelt haben?“
„Gönau.“
„Eine Thermosflasche dabei mit Tee?“
„Un mit Rum.“
„Und dann hat man sich aneinandergekuschelt, ganz schüchtern, weil ja alles noch neu und unbekannt war.“
„Zum Glick hot ma nix gsehe, weils drauß schun dungl waa.“
„Sie werden es nicht glauben, so war das bei mir auch.“
„Hea uff!“
„Das habe ich auch gemacht mit meinem ersten Freund.“
„Äh, awwa isch waa des net dorttmols. Jednfalls binnischma zimmlisch sischa.“

Das Eis war gebrochen.
„Jetzt mal im Ernst, was machen Sie hier? Haben Sie das Waldstück gepachtet? Sind Sie also doch Jäger?"
„Nää."
Kommissar Günda druckste.
„Sie jagen nicht, aber Sie haben ein Fernglas?"
„Hea mol, bin isch de Kommissaa odda du. Äh, Sie. Abrobboo. Schlickl Rotwoi?"
„Gerne."
„Allo! Isch bins, de Günda."
„Sandy, also eigentlich Astrid. Aber so hieß in meiner Generation niemand mehr. Und als ich zum Fernsehen kam, hat man mir geraten, ich bräuchte einen Künstlernamen. Also hat mir mein erster Agent den verpasst: *Sandy*."
„Vasteh isch net. Mia gfellt des viel bessa: *Aschdritt*."
„Da sind Sie der einzige. Also gut, dann bin ich die Astrid. Das muss aber unter uns bleiben."
„Hea mol, Aschdritt, was misch bissl wunnat, du vastehsch misch. Schun geschdan. Alle annare hawwe sisch uffgregt: *Hä, wie babbltn dea so koomisch*? Awwa du net. Wie kummtn des?"
„Stimmt. Ich verstehe dich sogar sehr gut. Also das meiste. Ich wollte ja eigentlich Tierärztin werden. Bin nach Gießen an die Uni. Dort habe ich Michael kennengelernt. Der war aus Sankt Ilgen."
„De Mischl vun Dilje?"
„Kennst du den etwa?"
„Nää. Awwa donn isses klaa. Die vun Dilje, die kenne jo gaa net annaschda babble. So wie isch aa."
„Genau. Der hat auch mit mir immer tiefsten Dialekt gesprochen. So habe ich gelernt, eure Sprache zu verstehen. Darf ich dich auch was fragen?"
„Bidde."
„Als ich herkam, hast du die Dreharbeiten beobachtet. Warum?"
„A, isch muss doch wisse, was bassiat."

„Wie? Das weißt du nicht?“
„Äh … “ Kommissar Günda zögerte. „Schun. Sebvaständlisch weeß isch des.“
„Günda, kann es sein, du hast ein Geheimnis?“
„Vleischt.“
Kommissar Günda spürte den Rotwein und das damit einhergehende Ende seiner Verschwiegenheit.
„Ich glaube, ich kenne dein Geheimnis: Du hast das Drehbuch gar nicht gelesen.“
„Des wäa … mööglisch.“
„Weil du …“
„Pscht!“
Sie flüsterte: „Weil du gar nicht lesen kannst.“
„Äh … Gönau!“

Um es vorwegzunehmen, Kommissar Günda setzt sich durch, der Film wird nach seinen Wünschen gedreht, es wird ausschließlich improvisiert, und zuallererst wird zu seiner Genugtuung der Regisseur gefeuert.
Dea Sseftl!

Am Ende sind alle hellauf begeistert von einem unkonventionellen, packenden und höchst originellen Werk.

Deshalb kommt es natürlich nie ins Fernsehen.

Eine einzige Vorführung erlebt der Film. Im vollbesetzten Ketscher Kino kommt dabei eine Szene besonders gut an, die ich Ihnen an dieser Stelle nicht vorenthalten möchte. Zu deren Entstehung müssen Sie wissen, der Produzent hat seinen Akteuren zwar grundsätzlich freie Hand gelassen. Für seine Hauptdarstellerin hat er allerdings eine kleine Anregung parat, die durch Zufall auch Kommissar Günda zu Ohren kommt:

Ärroddigg? Wea?

Das Bötchensystem im Mannheimer Luisenpark funktioniert für die Fahrgäste äußerst komfortabel. Einmal Platz genommen, muss man nichts weiter tun, als den Ausblick zu genießen. Alles Weitere übernimmt ein unsichtbares Leitsystem, das die Boote sicher und mit stabilem Abstand durch das Gewässer gleiten lässt. Kommissar Günda war schon ewig nicht mehr damit gefahren und hatte ganz vergessen, dass Hunderte, eher Tausende von gierigen Karpfen das Wasser bevölkerten, *gonz schää grouß worre sin* und aus seiner Sicht geradezu obszön mit ihren geöffneten Mäulern an die Wasseroberfläche drängten.
Im Boot verloren sich leise vor sich hinglucksende Spuren des letzten Regenschauers, die Kommissar Günda angestrengt besah, um den Karpfenanblick aus dem Kopf zu bekommen, während seine Begleiterin ihm schilderte, was sie durch die Wohnung über deren Besitzerin[128] herausgefunden hatte.
„Rate mal, was Melanie Kaltschmitt beruflich gemacht hat?"
„Schauspielarin? Moddl?"
„Ja, du hast recht, sie war sehr attraktiv."
Astrid Engel stand auf. Das kleine Boot schaukelte.
„Hübscher als ich? Sei ehrlich, Günda!"
Sie stemmte die Hände in die Hüften und drehte sich. Das gelbe Gefährt wackelte nun bedrohlich, das Wasser um sie herum schwappte näher.

---

[128] im Film das Opfer

„Äh, annaschda."
„Du bist ein Charmeur, Günda. Und ein Diplomat."
„Donge, Aschdritt. Awwa deedsch du disch jetz mol widda hiehogge, sei so guud!"
„Wie du willst."
Astrid Engel ließ sich fallen, das Boot drohte zu kentern. Kommissar Günda schnappte reflexartig ihren Arm und konnte soeben noch verhindern, dass seine Begleiterin ins Wasser fiel.
„Äh, Tschuldischung! Des wolldisch awwa net, disch oolange[129], Aschdritt."
„Ich weiß, Günda, ich weiß. So bist du nicht. Und das gefällt mir an dir. Auch das gefällt mir an dir."

Der leichte Wellengang beruhigte sich im Nu, und Kommissar Günda bemühte sich, ebenfalls wieder ins Gleichgewicht zu gelangen.
„Lehrariin?"
„Falsch." Astrid Engel ordnete Rock und Frisur. „Sie ist, sie war Archäologin. Ihr Diplom hängt eingerahmt über dem Schreibtisch. Alles ist voll mit Fachliteratur, soweit ich das beurteilen kann. Ansonsten das Übliche, Bücherregale, Laptop, Drucker. Eine Pinnwand mit Postkarten. Wenig Privates. Ein paar Romane, DVDs."
„Indressant."
„Findest du? Inwiefern?"
„Soä schäänes Wortt. Kenne mia leida net so rischdisch ausspreschle. Zeh un Ha, des gibt bei uns imma Sch, kannsch nix mache. Vastehsch? Aa-schää-o-loggin, so deede mia saare. Ibbrigenz, schaad, dass du kää Aa-schää-o-loggin bisch, Aschdritt."
„Wieso?"
„A, wejem dobblde *sch*. Härrliisch!"

[129] anfassen

Heb misch mol hinnerum!

Auch wenn er nicht gerade mit Dreharbeiten fürs Fernsehen beschäftigt ist, kommt es immer wieder vor, dass Kommissar Günda allein seiner Wege geht. Den dann auf sich gestellten Assistenten schult und stählt das, Fritjof Freese ist es bald gewohnt, selbstständig zu ermitteln. In der folgenden Szene sucht er die Wohnung eines Mannes. Die befindet sich in einem größeren Gebäudekomplex.

Eine ältere Dame nestelte vor dem Hauseingang an einem Schlüsselbund. Freese ging auf sie zu: „Entschuldigung ... Mein Name ist Freese, Fritjof Freese, Kriminalpolizei, Sokodo.Ich bin auf der Suche nach Seegard. Martin Seegard. Nummer 36b."
„Gehe Sie mol hea!"

Das war eine Formulierung, die Freese schon früh Mühe bereitet hatte. *Gehen Sie mal her!* Ja, was nun? Kommen oder gehen?

Wie so oft hatte es Kommissar Günda oblegen, seinen Assistenten über diese sprachliche Besonderheit der Region aufzuklären. In diesem Fall jedoch war er nach Freeses Einschätzung über das Ziel hinausgeschossen. So hatte er sich verstiegen, die scheinbar widersprüchliche Anweisung als poetisch-philosophischen Ausdruck menschlicher Hin- und Hergerissenheit zu deuten:
„Mia Mensche, mia kenne uns schlescht entscheide. Mia saare hii un mähne hott."
„Hüh!"
„Hä?"
„Wir sagen hüh."
„Saarisch doch: hii."
„Egal. Weiter!"
„Awwa mia mähne hott. Odda waa des jetzat aa widda falsch?"
„Nein, nein."

„Dann is jo guud. Un desdaweje saare mia des: Auf!"
„Was auf?"
„Auf! Geh mol hea!"
„Den Zusammenhang verstehe ich nicht."
„Des is doch äfach, Freese. Mia saare des, weil mia wolle unsa Ruh hawwe. Awwa net alläa sei. Desdaweje heeßt des: Geh mol hea!"
„Das ist also ernst gemeint?"
„A sebvaständlisch! Ganz annaschda ibbrigenz wie des: Heb misch mol hinnerum!"

Freese hatte erhebliche Zweifel, ob an dieser weltanschaulichen Überhöhung etwas dran war, aber er nahm es hin. Wie so vieles in dieser ihm immer wieder fremd und eigenartig erscheinenden Welt.

„Gehe Sie mol hea!"
Freese trat zu ihr heran.
Sie sah sich um, senkte die Stimme und raunte ihm verschwörerisch zu: „Nämme Sie mol die Dasch!"
Offenkundig hatte sie erkannt, dass Freese bei ihrer Unterhaltung der gestischen Unterstützung bedurfte, und deutete auf ihr Gepäck. Freese griff nach dem Einkaufswägelchen.
„Mooment. Des net, des Käiischl bleibt imma do unne. Bloß die Dasch nämme."
Überraschend schwer war sie, die Einkaufstasche. Erleichtert erblickte Freese im Flur einen Aufzug, der günstigerweise schon bereitstand.
„Auf, ea[130] widda fortt is."
Artig folgte er ihr. Sie machte sich am Bedienungsfeld zu schaffen. Nichts geschah. Mehrfach drückte sie ungeduldig und ohne ersichtliches System verschiedene Knöpfe.

---

130 ehe er

Der Aufzug rührte sich nicht.
„Des is vleischt än Kees mit demm Glumb, andauand gabudd. Was hawwe Sie gsacht? Seegardd?“
„Genau, Seegard, Martin Seegard.“
„Achda Stock.“

Die Dame erwies sich als erstaunlich rüstig, wie sie vor ihm eine um die andere Stufe erklomm. Freese dagegen spürte zunehmend die Last ihres Einkaufs.
„Was haben Sie denn in der Tasche? Briketts?“
„Ä-ä. Gadoffl[131]. Ware im Ogeboot. Zwonzisch Killoo.“

Endlich hatten sie es geschafft. Freese rang nach Luft.
„Hinne duasch uff de Balkoon. Grad ableje.“
Freese tat wie ihm geheißen, drängte nun jedoch zur Klärung der ausstehenden Personalie: „So, das hätten wir. Wo wohnt denn nun der Mann, dessen Wohnung ich suche?“
„Wea?“
„Seegard, Martin Seegard.“
„Soän junge? Mit Baat?“
„Genau, ein Mann etwa in meinem Alter mit Bart.“
„Kää Ahnung. Mia hawwe kähn mit Baat. Seegardd? Nie gheat.“
„Aber ich bin mir sicher, Martin Seegard wohnt in 36b.“
„Eewe drum. Des is sechsedreißisch aa. Sechsedreißisch bee, des wäa neewedroo[132]. Alla! Moment, wenn Sie runnagehe, kenne Sie grad denn leere Wassakaschde mit runnanämme!“

[131] Kartoffeln
[132] nebenan

Aldale

Wir erfahren in der nächsten Geschichte mehr über Kommissar Gündas Privatleben. Eine Frau hat er nicht, aber er pflegt guten Kontakt zu seinen Kollegen und Freunden – ***Zu monsche, net zu allene.***
Er gilt bei diesen als treue Seele, gutmütig und hilfsbereit.

Schtrii, schtraa, schtroo, de Summadaag isch doo!

Irgendwie war ihm plötzlich dieser Vers in den Kopf gekommen. In allen kleinen Gemeinden der Kurpfalz gab es seines Wissens den Brauch, den Winter mit einem Sommertagszug zu vertreiben und manchmal gar in Gestalt eines Schneemanns zu verbrennen. Selbstverständlich unter den gestrengen Blicken der freiwilligen Feuerwehr.
Alle Klassen, wenigstens die der Grundschule, liefen geschlossen mit, hatten Wägelchen mit bunten Girlanden geschmückt. Die Vereine traten in ihrer Montur an, Sportdress, Uniform, Tracht. Spielmannszüge begleiteten den kilometerlangen Zug durch die Gemeinde, die Straßen überall gesäumt von stolzen Eltern und winkenden Schaulustigen. Seit er sich erinnern konnte, hatte sich das im Kern nicht verändert. Selbst auf alten Fotos im Heimatmuseum ähnelten die Sommertagszüge und ihre Teilnehmer einander in erstaunlicher Weise, sah man von den Modetrends bei Frisuren und Bärten ab.

Schtrii, schtraa, schtroo, de Summadaag isch doo!

Auch Kommissar Günda hatte als Kind mehrfach daran teilgenommen, ohne genauere Erinnerungen daran zu haben. Besonders einprägsam schienen diese Erlebnisse also nicht gewesen zu sein. Kaum Jugendlicher, hatte ihn dieser Brauch nicht mehr interessiert. Kinder hatte er keine, sodass er nie eine Veranlassung gesehen hatte, dieser Veranstaltung wieder

beizuwohnen. Vor Kurzem jedoch hatte ihn ein Schulfreund angerufen.
„Hea, Günda, hosch du am Woche-End schun was voa?“
Kommissar Günda kannte diese listige Fragetechnik und war geübt darin, solcherlei Fallen zu umgehen.
„Wisso?“
„Isch mähn blouß.“
„Auf, Gerhard, sach dei Sach! Was sollischn mache fa disch? Umzuug? Holz hole fa de Kamiin?“
„Aba. Nix weidas. Blouß mitlaafe.“
„Wuä?“
„Uffm Summadaagszug.“
„Uffm Summadaagszug? Isch? Fa waas?“
„Als Middlalda.“
„Hea mol, blouß weil isch iwwa fuchzisch[133] bin, musch du misch net glei beleidische. Du bisch doch aa soän alde Sseckl wie isch.“

Das Missverständnis klärte sich bald. Sein Freund Gerhard hatte einen Mittelalterverein gegründet, der es sich zum Ziel gesetzt hatte, die Kultur und Lebensweise dieses als so düster geltenden Zeitalters ins rechte Licht zu rücken und zu pflegen. Anlässlich des Sommertagszuges wollte man die Chance nutzen, den neu gegründeten Verein der breiten Öffentlichkeit vorzustellen und so auch ein wenig Mitgliederwerbung zu betreiben. Ein Problem war nun daraus entstanden, dass ein Gutteil der Aktivisten zu dieser Zeit auf Mallorca weilen würde – „Rendna, du weesch, wies is!“ –, andere waren eingeladen auf einen Geburtstag.
„Geborddsdaag? Um drei Ua nochmiddags?“
„A, Günda, des issen sibbzigschde Geborddsdaag, die fange schun middags oo zum feiare, dasses net so spoot wärdd fa die alde Leit.“

[133] fünfzig

Kommissar Günda dachte an die Rolling Stones und fragte sich, ob mittlerweile wohl auch Mick Jagger und Keith Richards ihre Geburtstagsparties um 12 Uhr mittags begönnen.
„Un desdaweje simmia zu wennisch Leit im Middlalda."
„Un was soll isch dodebei?"
„Folgendes: Mia hawwe än Schmied, des is de Luis, ä Maggd, die mescht D-Bäabl. Un mia hawwe än Ridda, des wäa isch. Mia bräuschde noch än Meensch."
„Än Mensch? Än gonz nommale Mensch? Hea mol, dann nämm doch äfach ähna, wu do rumleeft. Do gibts wahrscheinz genung vun denne Mensche."
„Kähn Mensch, Günda, än Meensch."
„A so, sachs doch glei. Än Meensch[134]."
„Gönau. Du griggsch ä Kutt, än Bendl um de Ranze, Schlabbe fa die Fieß. Des langt."
„Hea mol, Gerhard, wisso derfen isch net de Ridda sei?"
„Gonz äfach, Günda, weje de Frissua. Du hosch doch schun ä Weil nix mea do drowwe in de Mitt vun doim Deez[135]. Isch schun."
„O![136]"
„A mähna[137] wie du."
„Des wärre ma mol seh am Sunndaag."
„Donn bisch du also debei, Günda?"
„Hajo. Isch machen eisch, de Bruda Tack."

---

[134] Mönch

[135] Kopf – der Begriff tauchte zwar bereits auf, aber ich möchte sicher gehen, dass Sie ihn verstehen, schließlich hat er hier eine zentrale Funktion

[136] Dieses *O!* wird so kurz wie möglich gesprochen. *Browias mol! Nää, kärzza! Noch!*

[137] mehr

Fit mit Fun

Ein Ausbund an Fitness ist Kommissar Günda nie gewesen. Und damit kann er immer besser leben. Mittlerweile ist er aus dem Alter raus, da man von ihm waghalsige Verfolgungsjagden erwarten könnte. Dennoch, bisweilen **griggda än Rabbl** *und beschließt, an sich zu arbeiten.*

„Wie geil ist das denn!"
„Hammer!"
„So geil!"
Vor seinem ersten Probetraining verschnaufte Kommissar Günda noch ein Weilchen an der Sportsbar vom *Fit mit Fun.*
„Na, was möchtest du trinken?"
Eine sehnige Blondine im kurzen Trainingsdress mit dem schreienden Logo *Fit mit Fun* über der Brust hatte sich hinter der Theke zu ihm gesellt.
„Isch? Ä Bierle. Ruisch groß."
„Tut mir leid, Alkohol gibts bei uns nicht. Darfs etwas anderes sein? Vielleicht einer von unseren leckeren Eiweißdrinks in verschiedenen Geschmacksrichtungen. Drachenfrucht?"
Kommissar Günda verzog den Mund.
„Papaya?"
„Hm. Isch weeß net."
„Oder unser Klassiker: Schoko-Sellerie, eine echte Vitaminbombe."
„Ou … Des klingt … äh … legga."
„Kommt sofort!"
Kurz darauf sah sich Kommissar Günda einem Glas gegenüber, aus dem nicht nur ein Strohhalm, sondern auch eine Selleriescheibe lugte.
„Schmeckts nicht?", fragte die Bedienung nach einer Viertelstunde besorgt, als Kommissar Günda nach vorsichtigem Nippen den weiteren Verzehr eingestellt hatte.

„Doch, doch“, beeilte der sich zu versichern, „awwa, äh, isch muss noch fahre. Äh, isch mähn drähniere.“
„Ach ja, wegen des Probetrainings. Moment, ich rufe jemanden. Die Garderoben sind den Gang durch hinten rechts.“

Wenige Minuten später erschien Kommissar Günda in einem ausgebeulten, kaum noch grauen Jogginganzug. Er hatte ihn 1990 bei der Betriebsweihnachtsfeiertombola gewonnen, was für ein lautstarkes Echo unter den Kollegen gesorgt hatte: *Ooziehe! Ooziehe! Ooziehe!*
Was er selbstverständlich unterlassen hatte. Er hatte ohnehin den Verdacht gehabt, dass bei der Auslosung nicht alles mit rechten Dingen zugegangen war. Ein Sportdress, ausgerechnet für ihn?
Später hatte er dem Anzug durchaus etwas abgewinnen können, wenn er es sich zu Hause in seinem Lieblingssessel vor dem Radio gemütlich machte. Und so hatte sich der Jogginganzug über die Jahre seiner Figur angepasst.

Er wurde bereits erwartet:
„Hallo! Ich bin die Heike, deine Trainerin! Und? Fit?“
„Hmpf, ach Gott, wie willischn saare …“
„Keine Sorge, das kriegen wir schon hin. Komm grad mal mit, ich gehe vor.“
Zweierlei irritierte ihn an dieser Ansprache. Zum einen kam sie von einer jungen Frau. Er war davon ausgegangen, dass sich ein alternder Bodybuilder seiner annehmen würde. Zum anderen war er es nicht gewöhnt, dass ihn Fünfundzwanzigjährige einfach duzten. Aber unter Sportlern war das wohl so üblich.
„So, als erstes gehen wir mal auf die Waage.“
„Oukey. Du zuärscht!“
„Hahahaha! Los, los, auf gehts!“
„Muss des sei?“

„Ich muss mir doch einen Eindruck von deinem körperlichen Zustand verschaffen."
Den hätte ihr Kommissar Günda auch kurz und knapp zusammenfassen können: *Kaddaschdroof*[138]*!*
Schweren Herzens stellte er sich auf die Waage: 92 Kilogramm.
„Awwa isch hab viel gfriistickt heit."
„Aha. Da haben wir doch einiges zu tun, fangen wir am besten gleich an."
Sie führte ihn in eine ehemalige Industriehalle mit niedriger Decke und verbrauchter Luft. Aus den Lautsprechern dröhnte Musik: *Hips don't lie.*
„Das ist dein künftiges Fitnessparadies!"

Kommissar Günda war überrascht, denn er war beileibe nicht der Älteste. Heike wiederum war die Jüngste. Mit Abstand.
„Als erstes machen wir uns warm."
„Äh, des bin isch eigendlisch schun."
„Hahaha", lachte Heike. „Die Muskeln müssen vor jedem Training sorgfältig aufgewärmt werden, um Verletzungen bei den Übungen vorzubeugen."
„Ou. Was mussischn glei mache? Saldo? Des kannsch vagesse."
„Und auf geht's!"
Kommissar Günda stellte sich weisungsgemäß auf ein Laufband und wunderte sich über die zahlreichen blinkenden Knöpfe im cockpitartigen Bedienungsfeld vor ihm.
„Un jetzat?"
„Laufen. Zehn Minuten. Stell dir vor, du machst einen tollen Ausflug." Sie drückte verschiedene Punkte am Gerät, und auf dem Monitor erschien eine Landschaft, die ihn an diese Heidi-Trickfilme erinnerte. Dann war er wohl gerade *de Alm-E-ii.*
„Es beginnt in der Ebene", erläuterte die Trainerin voller Begeisterung, „später kommen zwei *kleine Hügel* und am Schluss

---

[138] Katastrophe

geht es zur Belohnung richtig schön bergab. Alles schon programmiert. Los gehts!“
Sie klatschte überflüssigerweise in die Hände und drückte einen Knopf. Ruckartig setzte sich das Laufband in Bewegung.

Er hätte sich gewünscht, dass Heike ihn nun sich selbst und seinem Kampf mit dem unerbittlichen Trimmgerät überlassen hätte. Stattdessen nutzte sie seine augenblickliche Schwächephase aus: „Dann erzähl mal, was machst du sonst für Sport?“
„Isch räschl[139] als bei mia im Gaade.“
„Hahaha, du bist also mehr der Kopfarbeiter.“
Kommissar Günda setzte an zu widersprechen, rang aber bereits nach Luft. Er fragte sich, ob die Fragen zum Laufprogramm gehörten. Als Schikane.
„Und weshalb kommst du jetzt zu uns? Hat uns jemand empfohlen?“
„Nää.“
„Bist du über eine unserer Anzeigen gestolpert?“
„Nää.“
Er war froh um diese Art von Fragen, die eine einsilbige Antwort erlaubten.
„Sondern?“
„Isch … hab … ä Buch … gleese.“
„Ah, lass mich raten: *70 ist das neue 40*, Knut Hellerson. Ja, da bist du nicht der einzige. Das scheint einen regelrechten Boom auszulösen. Gelesen habe ich es noch nicht, nur den Klappentext, aber da steht schon ein ganz wichtiger Satz: Fitness beginnt im Kopf.“
„Bei … mia … heats … do … aa … schun uff.“

[139] harke

Der Gong beim Fahrrad

Für mich sind meine Krimis vor allem Milieustudien. Dialektorgien, nostalgiegeneigt. Bei den unvermeidlichen Gewaltverbrechen interessiert mich letztlich lediglich der zugrundeliegende Konflikt. So lernen Sie gleich zwei passionierte Fahrradfahrer kennen, die seit frühester Kindheit vor allem eines verbindet: ein Konkurrenzverhältnis. Beharkt hat man sich immer mal wieder. Auf den unterschiedlichsten Ebenen. Letztlich harmlos.
Doch plötzlich, nach über sechzig Jahren droht das Verhältnis zu eskalieren. Zum Ausbruch bedarf es da nur eines winzigen Auslösers, beispielsweise eines spöttischen Untertones bei einer zufälligen Begegnung auf dem Parkplatz eines Einkaufszentrums.

„Unn? Hosch du aa ä Iibeik?[140]"

Ganz kurz noch eine Bemerkung: Das ist eine meiner Lieblingsfragen in meinen Büchern, weil sie geballt einige unserer wichtigsten Laute versammelt, wie es sie so vermutlich nirgends auf der Welt gibt.
Doch zurück zur Eskalation.

„Isch sach unnä? Hä? Hosch du aa ä Iibeik?"
Der Angesprochene lief rot an. „Isch sach da ähns: Isch will kähns, isch brauch kähns. Isch kann nämmlisch noch selwa trepple[141]. Un des net zu knapp."
„O! Du bisch jo bloß neidisch."
„Isch? Neidisch? Des wüssdisch awwa. Gugg da des doch mol oo, des Ding, was du hosch! Des is doch gaa kä Fahrrad. Trepple musch nimmi, uffsteije musch aa nimmi, grad bissl driwwa rutsche, weil du beiämme nommale Fahrräddl schun gaa nimmi driwwa kummsch mit deine Fieß, deine krumme."
„Hea mol, des is vleischt modärnn. Des is des Neischde vum

[140] Hast du auch ein E-Bike?
[141] in die Pedale treten

Neischde. *Tiefa Eistieg* heeßt ma des."
„Du bisch aa soän tiefe Eistieg."
„Hea? Wittsie?"
„Gärnn."
„Drau disch grad!"
„Dia loss isch glei mol die Luft ab. Fa alle Zeide. Donn brauchsch nimmi uff dei Iibeik zum rutsche, donn kannsch froh sei, wenn du de Rolladoa schiewe kannsch. Awwa nimmsch am beschde glei än Ii-Rolladoa. Vun allää kummsch du sowieso nirgends mehr hie, wenn isch mit dia fäddisch bin!"
„O! Du hosch doch bloß ä groußi Gosch[142]. Nix dehinna. Kumm grad hea, kumm grad mol hea!"

Bedrohlich nahe kamen sich die Männer, ihre Fahrräder führten sie wie Kampfhunde, die nur auf das Angriffssignal warteten.

„Meine Herren! Bitte!"
Freese, durch Zufall in der Nähe, sah sich ob des aggressiven Tones gezwungen einzuschreiten. Entschlossen schob er sich zwischen die beiden Streithähne.
„Worum geht es denn hier überhaupt?"
„Isch kann nix defoa, dass demm soin Howwl[143] bloß ähn Gong[144] hot."
„Ähna? Pff! Fimfe!"
„Ou? Reschbeckt! Isch habs halwa vagesse, du hosch des Fahrrad jo afunne kwassi. Voa zweehunnat Joa."
„Moment, meine Herren. Wozu bitte dient bei einem Fahrrad der Gong?"
„Hä? Kenne Sie des net?"
„A, des gibts jo net."

---

[142] ein großes Maul
[143] Hobel
[144] es geht hier um die Gangschaltung

Das Unverständnis einte. Zur Verwunderung aller.
„Hawwe Sie iwwahaupt schun mol ä Fahrrad ghabt?"
„Ob ich schon mal ein Fahrrad gehabt habe? Selbstverständlich. Sogar mehrere."
„Allo! Un jedes Fahrräddl hot heit än Gong, mindeschdens ähna."
„Stimmt. Do mussisch demm Sseggl ausnahmsweis Rescht gewwe."
„Entschuldigung, mein Fahrrad hat keinen Gong. Keines meiner Räder hatte jemals einen Gong. Ist das Pflicht seit neuestem?"
„Nää, des net."
„Dafür habe ich eine Klingel."
„Subba!"
„Und ein Neffe von mir hat sogar ein Kinderfahrrad mit Hupe."
„Alda Schlabbe. Isch bin be-eidruckt."
„Isch aa."
„Und Sie haben beide einen Gong?"
„Ähna? Iwwa zwonzisch hawwisch. Zwanzisch."
„Zwanzig? Und wie bedient man die alle?"
„Hä?"
„Dea mähnt, wie du die schaltsch."
„Des hawwisch schun vastanne, du Dabbes. Isch bin jo net bleed so wie du. Ellegdroonisch geht des bei mia. Des is des Neischdde vum Neie."
„Na, dann macht das Fahren mit Ihrem Rad nicht nur Riesenspaß, es ist auch ein besonderes Klangerlebnis."

Die beiden Kontrahenten sahen sich an, zuckten mit den Achseln, und es geschah etwas, das Freese überraschte: Beide zogen von dannen. Einträchtig kopfschüttelnd.

Ein seltsames Völkchen, diese Glickerbacher, dachte er. Aber wenn er den Konflikt wirklich soeben gelöst hatte, dann hatte er eine erstaunliche Leistung vollbracht. Keine einzige Nachfrage hatte er im Verlauf der Auseinandersetzung gestellt. Obwohl er vielleicht gerade einmal die Hälfte des Gesagten verstanden hatte. Er hatte einfach stur und stoisch seinen Stiefel durchgezogen. *So gehört sich das für den Assistenten vom Tschief.* Der könnte stolz auf ihn sein. Freese war es jedenfalls schon einmal.

Dann jedoch vernahm er, wie sich die Männer weiter beharkten.
„Heit bisch du nochmol defu kumme, weil dea Hannebambl vun de Bollezei do is. Awwa wenn isch disch des näckschde Mol vawisch[145], dann traare ma die Sach aus. Des is schun long fällisch, des weesch du."
„Des kannsch hawwe. Do waat isch schun eewisch druff. Awwa isch saach da ähns: Donn, donn mach isch dia die Hack nei![146]"

---

[145] Manchmal kommt bei uns ein *v* geflogen: aus erkältet wird *vakält*, aus erwischen *vawische*. *Obacht*: Aus erinnern wird nicht *va-innare*.

[146] Denkbar wäre hier auch die Formulierung: *Donn mach isch dia die Krutz nunna!* Sei's drum, Freese verstünde dies ebenso wenig.

Brie-Hingl

Eigentlich ist sein Chef für Freese erster Ansprechpartner, wenn es um Verständigungsprobleme geht. Manchmal jedoch scheut er es, ihn um Rat zu fragen. Etwas nachtragend ist er auch. Schließlich gab es das eine oder andere Erlebnis, das ihn in dieser Hinsicht Vorsicht gelehrt hat.

„Tschief, Sie haben doch mal gesagt, man beherrscht Dialekt erst richtig, wenn man im Dialekt träumt."
„Stimmt."
„Wie viele Wörter müssen das sein?"
„Hm?"
„Ich meine, genügt eines?"
„Kummt druff oo welles."
Freese spitzte die Lippen.
„Allo!", ermunterte ihn Kommissar Günda.
„Ehrlich gesagt, ich traue mich nicht. Das klingt bei mir so komisch. Sie lachen bestimmt."
„Isch lach net."
„Versprochen?"
„Vasproche!"
„Also gut. Das Wort, von dem ich geträumt habe … Ich weiß nicht, wo ich das her habe … Dieses Wort … Es heißt *Brüh-Hünkel.*"
„Hnghnghnghngngng! Dass isch des noch aleewe derf!"
Kommissar Günda schnappte sich einen auf dem Schreibtisch liegenden Aktendeckel und biss hinein.
„Sehen Sie", Fritjof Freese reagierte beleidigt, „Sie lachen!"
„Gaa net, des is Ehrfuascht. Mit gonz viel Fuascht. Kumm, sach des nochmol."
„Nein."
„Bidde.
„Nein."
„Blouß äh Mol."

Kommissar Günda ging zum Fenster und öffnete es. Auf der gegenüberliegenden Straßenseite unterhielten sich zwei Frauen fortgeschrittenen Alters.
Freese konzentrierte sich.
„Brüh-Hünkel."
„Brie-Hingl!!!", prustete Kommissar Günda aus dem Fenster. Die Frauen drehten sich pikiert in seine Richtung.

„Was, bitte, ist ein Brie-Hinkel?", fragte Freese kühl. Bemüht, nun wieder auf eine sachliche Ebene zu gelangen.
„Die do!", alberte Kommissar Günda.
Unverhohlene Empörung auf der anderen Straßenseite.
„Des hot dea gsacht, net isch!"

Kurzerhand schloss Freese das Fenster und nahm den Kommissar ins Visier.
„Was heißt Brie?"
„Brie. Supp."
„Also Brühe."
„Gönau."
„Und Hinkel ist das Hühnchen. Richtig?"
„Stimmt."
„Dann ist Brie-Hinkel also das Suppenhuhn."
„Du hoschs vastanne. Un die zwee do drauß aa."

Fritjof Freese ging an seinen Schreibtisch und lehnte sich überlegen in seinem Sessel zurück.
„Aus Brüh-Hühnchen wird also Brie-Hinkel. Denn ein *ü* kennt das Kurpfälzische nicht."
„Du hoschs afasst."
„Und warum nennen Sie sich dann *Günda*, wenn es bei Ihnen doch gar kein *ü* gibt?", triumphierte Freese.
Kommissar Günda grinste: „Weil isch will."

Die Hack

Nach diesem kurzen Schlenker, der ganz nebenbei ein Schlaglicht auf Kommissar Gündas eigenwilligen Humor wirft, ist es erklärlich, dass Freese gelegentlich Rat in Sachen Dialekt bei anderen sucht. Mit der Wirtin im Roten Ochsen hat er eine in jeder Hinsicht attraktive Ansprechpartnerin.

„Marijonne?“
„Hm?“
„Sagt Ihnen der Ausdruck etwas: Ich mache dir gleich die Hacke hinein?“
„Sie mähne: Isch mach dia glei die Hack nei!“
„Oder so.“
„Wea sacht des?“
„Das habe ich irgendwo aufgeschnappt. Ziemlich aggressiv. Was bedeutet das, ist das eine ernstzunehmende Drohung?“
„Kummt druff oo. An sisch is des haamloos. Des keendisch aa zu Ihne saare. Oukey, zu Ihne jetz vleischt net. Awwa zu jedem annare in Gliggabach. Oohne dass des Probblähme gewwe deed.“
„Also mehr eine Floskel wie *Ich wünsche dir noch einen schönen Tag*.“
„A, so jetz aa widda net. Mea so: Uffbasse. Fa disch langts grad noch!“
„Was? Was langt?“
„A, was weeßnisch! Des kummt halt druff oo. Zum Beispiel beim Senioreschach.“
„Das gibt es?“
„Wisso net?“
„Ich dachte, das ist vielleicht nicht das richtige Spiel für Senioren.“ Freese grinste. „Wegen der Vergesslichkeit. Wer ist dran? Wer hat Schwarz, wer hat Weiß? Heikel.“
„Sie! Do wäa isch bissl voasischdisch, die mache Sie nass, die vum Senioreschach. Wie Sies brauche. Alle. Duasch die Bonk!“
„Ach so!“ Er ruderte zurück. „Nein, nein, ich wollte keinem zu

nahe treten. Das glaube ich gerne."
„Awwa des is ä guudes Beispiel. Wenn Sie jetz zum Senioreschach gähngde[147]..."
„Gähnte?"
„Ä-ä. Gähngde."
„Nie gehört, dieses Wort."
„A so. Moment. Folgendes: Wenn Sie was noch net gemacht hawwe, awwa keende."
„Keen-dö?"
„Hippodeedisch. Is des so schwea zum vastehe?"
„Ach so, hypothetisch. Ja."
„Wie siehts aus? Gehe Sie zum Senioreschach?"
„Nein."
„Sicksch. Awwa Sie keende."
„Ich könnte."
„Des isses. Un deshalb gehe Sie net, sondann Sie gähngde. Hawwe Sie des jetzat vastanne?"
„Ah, der berühmte Konjunktiv."
„Hammia aa, brauche Sie net zum denge. Allo, wenn Sie zum Senioreschach gähngde..."
„Wenn ich zum Seniorenschach ginge..."
„Was deede[148] do die Leit zu Ihne saare?"
„Keine Ahnung. Schön, dass Sie da sind, prima, dass mal ein Junger zu uns kommt."
„Ä-ä. Die deede saare: Dia? Dia machisch glei die Hack nei. Hogg disch!"
„Ah, jetzt verstehe ich. Das ist eine Formulierung, mit der man jemanden herausfordern will."
„Du hoschs."
„Also wie bei den Boxern, wenn die eine Pressekonferenz haben vor dem großen Kampf, dann beschimpfen sie sich, dann

---

[147] gingen

[148] täten

plustern sie sich auf, dann geben sie an, um den anderen einzuschüchtern."
„Gönau."
„Mike Tyson könnte also vor dem Kampf genauso gut seinem Gegner zurufen: Ha! Hör mal her! Ich mache dir gleich die Hacke hinein."
„So ähnlisch."
„Sofern Mike Tyson Kurpfälzer wäre."
„Sie hawwes gabiat scheinz."
„Also alles Show."
„Meischdens. Awwa manschmol aa net. Bei so zwee HB-Männl is des bissl was annares. Wie is des abgloffe? Wie hot de anna reagiert?"
„Na ja, ähnlich aggressiv. So wie bei den Boxkämpfen eben."
„Vleischt gibt des jo aa ähna."
„Meinen Sie, ich sollte beide mal zu einem Gespräch zu mir bitten?"
„Fa waas?"
„Nun, um zu vermitteln, um diesen Konflikt auszuräumen."
„Sie, Härr Freese", Marion Helche sah ihn teilnahmsvoll an. „Seie Sie mia net bees, des grähgde[149] Sie net hie."

[149] kriegten

Mied babble

Kurz darauf kann Fritjof Freese seine befriedenden Fähigkeiten unter Beweis stellen. In Glickerbach findet eine Demonstration auf dem Marktplatz statt, was unseren umsichtigen und verantwortungsbewussten Assistenten sogleich auf den Plan ruft, begleitet von der verständnislosen Marion Helche: „Demonschdriere mim Fahrräddl geje Radweg. Wie bleed muss ma soi!“

Dass man ihn mittlerweile kennt in Glickerbach, kommt Freese zugute. Birgt aber zugleich das Verhängnis.

„Leit!“, hob der Redner auf der provisorischen Tribüne unter frenetischem Beifall an. „Mia hawwe nix geje Fahrräddl. Awwa mia hawwe was geje die Radweg-Digdadua. Isch fahr, wu isch fahre will. Uff de Strooß nämmlisch, net uffm Radweg. Mia losse uns net zwinge. Zu nix. Wenn die do drowwe Radweg wolle, dann solle sie sie doch baue. Awwa bei sisch. Net bei uns!“
„Rischdisch!“
„Do sachsch du was.“
„Die Radweg misse weg! Die Radweg misse weg!“, forderte der Redner lauthals, und alle um sie herum stimmten ein.
„Die Radweg misse weg! Die Radweg misse weg!“

„Moment“, wandte sich Freese an seine Begleiterin. „Ich dachte, die Radwege sind erst in Planung und noch gar nicht eingerichtet. Gibt es doch schon welche?“
„Nää, die gibts noch net.“
„Aber dann macht das doch keinen Sinn. Dann müsste es heißen: Wir wollen keine Radwege!“
„Hea“, klopfte ihm sein Nachbar auf die Schulter, „des heedisch net vun Ihne gedenkt. Sie sin jo gaa net so dabbisch, wie des alle imma saare.“

Er drehte sich in Richtung des Redners und hob lautstark an: „Dea Monn do hot rescht: Mia wolle kä Radweg! Mia wolle kä Radweg!“
Rasch bildete sich eine skandierende Traube um Freese, Marion Helche nahm Abstand.

Etwas lief gerade schief, das spürte er. Gleichzeitig konnte er nicht verhehlen, dass ihn der unerwartete Zuspruch auch irgendwie freute.
„Die vun de Bollezei saare des aa!“, rief einer derjenigen, die ihn gerade anerkennend getätschelt hatten. „Ma derf nämmlisch gaa kä Radweg baue.“
„Derf ma net! Derf ma net! Derf ma net!“, schwappte es in Richtung Bühne.
Freese überlegte, wie er das von ihm Geäußerte geraderücken könnte, sah aber in diesem Lärm keine Chance. Er würde einen passenden Moment abwarten. Außerdem war ja gegen den aktuellen Slogan der Masse nichts zu sagen. *Das darf man nicht* war angenehm unbestimmt. Vieles durfte man nicht.

„Isch foddare jetz un hier!“
„Gönau!“
„Ärschdens.“
„Rischdisch!“
„Ubedingt!“
„So seh isch des aa“, meinte sein Nachbar, heftig nickend.
„Zweddens, driddens un iwwahaupt!“
„Jawoll.“
„Mia losse uns doch net fa bleed vakaafe. Außadähm: Isch valange vun de Gemoinde: Fahrfaboot fa alle Iibeik!“
„Gönau!“
„Rischdisch!“
„Soot, des waas vun mia. Will noch ähna vun eisch was saare?“
„Dea doo!“

Sein Nebenmann deutete – auf ihn! Freese bekam einen gehörigen Schreck.
Der Redner nahm den Ball gerne auf: „Ah, isch seh grad, mia hawwe Brominende unna uns. Die Sokodo is aa doo. Bissl wenigschdens. Als nuff mit de Bollezei!“

Freese spürte, wie er Richtung Mikrofon geschoben wurde. Vorne angekommen, schüttelte ihm der Hauptredner ausgiebig die Hand. Dabei sah er ihn nicht an.
„Auf, mach mol ä Foddoo!“
Dann bugsierte er ihn zum Mikrofon.
„Jetz sin Sie droo!“
Freese räusperte sich.
„Lauda!“
„Isch hea nix.“
„Dea hot doch noch gaa nix gsaat, du Dabbes!“
„Eewe drum!“
„Nun“, hob Freese an. „Meine Damen und Herren, liebe Glickerbacher, liebe Glickerbacherinnen, ich grüße Sie!“
„Subba!“
„Guuda Monn!“
„Ich finde es toll, dass Sie sich so engagieren. Aber…“
„Waas?“
„Ich bin dafür…“
„Buh!“
„Mooment, lossen mol ausschwätze, dea is uff unsara Seit.“
„Ich bin dagegen…“
„Sicksch!“
„… dass wir uns den ganzen Tag vermiesen lassen.“
„Braffoo!“
„Rischdisch!“
„Endlisch sacht des mol ähna!“
„Und deshalb bin ich dafür, dass wir jetzt alle nach Hause gehen.“

„Hä?"
„Hm?"
„Wie?"
„Ich bin dankbar für diese sehr gute Frage, die ich gerne aufnehme. Ich sage ganz klar: Wer fahren kann, soll fahren. Es gibt ja nichts Schöneres, als mit dem Fahrrad zu fahren, zumal bei diesem herrlichen Wetter."

Freese bemerkte mit Genugtuung, dass es auf dem Platz geradezu andächtig ruhig wurde. Offenkundig war es ihm im Handumdrehen gelungen, schlichtend zu wirken. Das beflügelte ihn.
„Ich rufe Ihnen zu: Machen Sie sich nun noch einen schönen Abend! Machen Sie sich keine Gedanken, alles wird gut. Wenn Sie noch Fragen haben, meine nächste Sprechstunde ist morgen, 16 Uhr. Ich freue mich, wenn Sie in der Sokodo vorbeikommen. Sie wissen, ich bin für Sie da. Mit all Ihren Sorgen und Nöten, kommen Sie zu mir! Ich habe immer ein offenes Ohr. Egal, um welche Probleme es geht, kein Problem ist zu klein, als dass ich es nicht lösen möchte."
Die ersten verließen den Platz.
„Des mescht jo kähn Spass."
„Um was gings voahien nochmol?"
„Frog misch mol was Leischdares."
„Isch müsst dann eh…"
„Isch aa."
„Alla!"

Anschließend fand Marion Helche lobende Worte: „Des muss ma Ihne losse. Wie Sie die Leit ruisch gebrocht hawwe, Reschbeckt! Mied[150] babble, des muss ma kenne. Des is ä bsunnares Talent. Un ma kann saare, was ma will iwwa Sie. Des hawwe Sie äfach druff!"

---

150 Müde

Der Schrei-Tanz

Dialekt lesen ist schwierig, Dialekt schreiben nicht minder, denn es fehlen die Buchstaben in unserem Alphabet, die geeignet wären, diese enorme Vielfalt an Lauten abzubilden. So bleibt das Geschriebene immer nur eine Annäherung.
Für mich als Autor gilt es, eine Systematik zu entwickeln, die Ihnen ermöglicht nachzuvollziehen, wie ich Dialektklänge verschriftliche. Dann sind Sie gefordert, weshalb ich immer wieder appelliere, laut zu lesen.
Im Folgenden sogar ganz besonders laut und mindestens eine Oktave höher als normal. Sie ahnen es, sie ist wieder da:
Gertrud Menzlerschweikert[151] – The Voice of Glickerbach

„Soot. Un jetzt kommen wir zum absoluude Höhepunkt: des wäa de Unnakiefaknoche vun unsam Gliggabacha Dino. Wenn Sie mol gugge wolle. Awwa die Griffl[152] bleiwe fortt! Dass des mol klaa is!"

Kommissar Günda hatte schon geraume Zeit bereut, sich zu dieser zweistündigen Exklusiv-Führung durch das Glickerbacher Heimatmuseum hinreißen zu lassen. Er hatte sich Informationen über Verflechtungen, Verwandtschaften, Seilschaften, vielleicht auch den gelegentlich durchaus hilfreichen Klatsch und Tratsch erhofft, sah sich nun jedoch konfrontiert mit Waschbottichen – *Weschzuuwa* –, Milchkannen – *Millischhaffe* –, Sensen – *Reff* –, großen Tüten – *Duddesseck* – sowie einer erstaunlichen Vielfalt von Nachttöpfen.

---

[151] Ich erlaube mir, fortan auf hervorgehobene Schreibung zu verzichten, Sie wissen ja nun um die unbedingte Eindringlichkeit ihrer Äußerungen. *Weesch wieisch mähn?* Ganz recht: nicht *wie isch*, auch nicht wiisch, sondern *wieisch*. Das zweite *i* findet ganz kurz Gehör. *Auf! Glei browiere! Des bringt was! Imma!*
[152] Finger

Die fachkundige Erläuterung *Boddschamba, Nachthäffl, Brunzgschä* schien immerhin einer Freude zu bereiten, der Fremdenführerin Gertrud Menzlerschweikert: „Ehrenamtlisch, Härr Kommissaa, alles ehrenamtlisch!"

Und so atmete er hörbar auf, als er endlich wieder sonnenbeschienenen Boden unter den Füßen hatte. Was seine Begleiterin jedoch missverstand: „Schaad, dasses rum is, gell? Nochmool?"

Kommissar Günda wollte sich gerade mit einem überschwänglichen Dank trollen, als ihn Gertrud Menzlerschweikert verschwörerisch beiseite nahm.
„Härr Kommissaa, Sie wärre entschuldische. Derft isch Sie mol spreschle?"
„Gehts um Sauriaknoche?"
„Sie sind ein Schelm, das habe ich soffortt gemeiikt. Wir haben denselben Humor. Stimmts? Odda hawwisch rescht!"
Und mit Schwung hieb sie dem Kommissar geradezu lustvoll auf die rechte Schulter.
„Unna uns: isch tippe auf einen Serientäta."
„Hm."
„Un isch weeß a schun, wea des näggschde Opfa wärdd."
„Nämmlisch?"
„A, isch nadierlisch!"
„Wisso?"
„Neid. Eifersucht. Sie wisse wies is. Un desdaweje beantrage isch Polizeischutz. Scheffsache!"
„Alla guud", seufzte Kommissar Günda, „isch wärdd gugge, was sisch mache lässt."

Da strahlte Gertrud Menzlerschweikert wieder und entließ den Kommissar, allerdings nicht ohne einen letzten Hinweis.
„Einmal im Moonat findet übrigens eine Vorführung von unsam

Gliggabacher *Veitstanz* in Ogginal-Kostümen statt. Isch würde misch freuen, wenn isch den Härrn Kommissaa in die Geheimnisse des Schreitanzes eiweihe deede därft[153]."

„Schrei-Tanz?"

Kommissar Gündas Augen weiteten sich besorgt.

„Nein, Schreit-t-t-t-tanz."

„Dann is jo guud."

„Moggen Abend wäas zum Glück schon wieda so weit."

„Sauwa", log Kommissar Günda und dachte darüber nach, welche Selbstverstümmelung die Lebensqualität am wenigsten beeinträchtigen würde.

---

[153] einweihen täten dürfte – der doppelte Konjunktiv, vorbehalten für Momente, die eine besonders eindringliche Höflichkeit erfordern.

Höchste Zeit, eine Leiche ins Spiel zu bringen. Sonst glauben Sie, meine Krimis sind in Wirklichkeit keine typischen Krimis.
Da muss ich ganz klar sagen: ***Des stimmt!***

Komisch pappeln

Das ehemalige Steinbruchgelände galt gerade für Radfahrer als ideales Ziel. Eine schmale, für motorisierte Fahrzeuge gesperrte, geteerte Betonpiste führte in Serpentinen hoch bis zu einem Plateau, von dem aus man einen beeindruckenden Blick über die Rheinebene hatte. Vor allem aber gab es die verlockende Möglichkeit, zu beiden Seiten des Abbruchgeländes auf Trampelpfaden durch den dichten Fichtenwald *nunnazumbräddare*[154], wofür sich die Männer an diesem frühen Morgen mit ihren Mountainbikes gerüstet hatten.
„Desdaweje fahre mia aa so frih moggens, do sin noch käa vun denne Schleischa im Wald."
„Schleicher?"
„Die wu spaziere gehe, dortt mol gugge, Bliemlin[155] pfligge."
„Odda wokke. Des sin jo die Schlimmschde!"
Eine in Anbetracht der Gewichtsklasse der Umsitzenden durchaus berechtigte Vorsichtsmaßnahme, wie Freese fand.
„Aber dann entdeckten Sie den Toten."
„Gönau. Befoa dass mia nunnaglitsche[156], gibts bei uns imma ärschda mol ä klähnes Veschba do drowwe. Grieweworscht, Bierle un än schääne Korzze. Un wie mia so gugge bis niwwa in die Pfalz – härrlisch ibbrigenz – sescht de Wegnas Willi uff ähmol *Gugg mol, do drunne, do liegt jo ähna.*"
„Wegner Willi? Wer ist das?"

---

154 herunterzubrettern
155 Blümlein
156 manchmal erfinde ich Wörter, die allerdings eine Bedingung erfüllen müssen: es könnte sie vom Klang her geben.

„De Baritoon."
„Dea doo."
„Bessa gsacht isch", bestätigte der Ausgedeutete, um sogleich wieder in Schweigen zu verfallen.
„Mia hawwe des nadierlisch net glaawe wolle. *Hea, vazehl kähn Babb, Willi*, hawwisch gsacht. *Hosch widda ähna zuviel gepetzt geschdan?* Awwa dann hawwe mia all geguggt un gsehe, dea hot wahrscheinz rescht, dea Sseckl."
„Und dann sind Sie zusammen hinuntergefahren."
„Fahre?" Allgemeine Heiterkeit. „Nunnagedunnat simmia nadierlisch. De Nobbärtt[157], denn hots schia zalegt, korzz befoa dass mia hunne[158] ware."
„Hä? Misch? Zalegt? Isch glaab s-hackt."
„Awwa woohl. Voll uff die Worzzl bisch du kumme, un donn hots fascht dei Voddarad varisse."
„Des waa Absischt nadierlisch. Hea, des hawwisch vleischt dräniat[159]?"
Freese unterbrach vorsichtig den Disput der beiden Extremradler.
„Gibt es eigentlich Fotos von Ihrem Ausflug?"
„Foddoo? Nää, wie solln des gehe?"
„Wie stelle Sie sich des voa?"
„Oh, liewi Zeit! Im Leewe net."
Freese wurde nun erläutert, weshalb man bei diesen Radtouren keine Möglichkeit fand, einen Fotoapparat mitzunehmen: „Mia hawwe jo fascht nix oo beim Fahre. Bloß Driggoo[160]. Hauteng. Wejem Luftwiddastand. Pfff, do kamma kähn Bolle[161] drunna vasteckle. Des koscht Zähntlsekunne. Vastehsch?"

---

[157] Norbert

[158] unten – bei der Gelegenheit: *Isch bin hunne* ist keine Kundgabe einer Volkszugehörigkeit

[159] trainiert

[160] Trikot

[161] Klumpen

Freese verstand – jedenfalls das Wesentliche – und hatte die Männer in ihren körperbetonten Anzügen für einen erschütternden Moment vor Augen.
„Doch!“, entfuhr es dem Dirigenten. „De Begge Dieda, isch mähn, dea hot foddograffiat owwe.“
„Stimmt!“
„Stimmt!“
„Stimmt!“
„Hosch rescht. Jetz gedenkt mias aa. Mia hawwe uns noch uffgstellt.“
„Aber der Fotograf ist heute nicht bei der Probe dabei, wenn ich das richtig sehe.“
„Nää. Dea hots im Kreiz. Demm isses neigfahre seit geschdan.“
„Schlimm, des hawwisch aa als.“
„Isch aa.“
„Isch aa.“
„Un isch ärschda.“
„Gut, die Fotos werden sich bestimmt auftreiben lassen. Jedenfalls haben Sie dann also den Toten gefunden, unten in diesem Gelände, das heute als Freiluftmuseum dient.“
„Gönau!“
„Gönau!“
„Gönau. Do issa gleje, de Schorsch. Denn hots zalegt, awwa wie.“
Die Männer beteuerten einhellig, nichts angefasst, nichts verändert zu haben, und weil das zum Gelände gehörende Aufsichtsgebäude erst um 10 Uhr öffnete, sei Klaus Wiesemann schnurstracks in die Stadt zum Polizeiposten gefahren, um den Vorfall zu melden.
„Weil dea so schää schwätze kann. Dea is nämmlisch Frissea. Vun uns allene.“
„Vun mia net“, widersprach ein kahlköpfiger Sänger und sorgte für eine Lachsalve.

„Der Tod von Georg Wohlrabe scheint Sie nicht sonderlich getroffen zu haben. War er nicht sehr beliebt in Fußheim?“

Die Männer reagierten etwas betreten, und Klaus Wiesemann setzte zu einer Erklärung an: „Ach, Gott, wie willischn saare. De Schorsch, dea waa schun ähna vun uns. Fria jednfalls. Awwa donn irgendwonn, isch weeß aa net, hot des oogfange, dass dea bissl koomisch worre is. Isch glaab, des hot oogfange, wiea uff ähmol bloß noch so koomisch gebabblt hot.“
„Wie? Komisch gepappelt?“
„A, so … wie Sie hald.“

Freese geht dem Hinweis auf Fotos sogleich nach und versucht, an diese zu gelangen. Da gilt es allerdings, eine Hürde zu überwinden:

„Des mescht mei Fraa. Un die is net doo.“

In der Erinnerung des Fotografen war die Kamera nach dem Ausflug sofort wieder an ihren angestammten Platz gelegt worden. Wo der war, das vermochte Dieter Becker aus einem einfachen Grund nicht zu beantworten: „Des mescht mei Fraa.“
„Haben Sie die Bilder denn schon gesehen?“
„A, nää, die misse ärschda entwicklt wärre.“
„Oh, das ist also noch eine von den guten alten Analog-Kameras, mit richtigen Filmen, verstehe. Haben Sie die Bilder denn schon im Labor abgegeben?“
„Kää Ahnung. Des mescht mei Fraa.“
„Wissen Sie denn, was drauf ist?“
„Isch glaab nix.“
„Wie kommen Sie darauf? Sie haben doch fotografiert an jenem Morgen bei diesem Ausflug.“
„Hawwisch.“
„Aber?“

„Awwa blouß, weil isch gmisst hab."
„Von wem aus?"
„A, vun meinare Fraa aus. Die hot gsacht *Hea, Schdinga!*"
Freese zuckte zusammen.
„*Wenn du des näckschde Mol widda uffn Ausflug gehsch, allää, oohne misch, dann willisch awwa wisse, was ia dortt oostellt. Do hoschn Foddoo.* Hawwisch gedenkt *Alla guud, browia ischs hald.*"
„Sie fotografieren sonst nie?"
„Nää. Des mescht …"
„… Ihre Frau."
„Gönau."
„Vielleicht könnten Sie doch ausnahmsweise mal nachschauen, ob Sie die Kamera finden, es wäre sehr wichtig. Ich würde den Film auch auf unsere Kosten entwickeln lassen."
„Des geht net. Leida. Isch habs aiig im Kreiz, mia isses neigfahre, bruddaal. Isch kann nimmi laafe, isch kann nimmi lieje, isch kann bloß stehe, awwa des aa graad[162] krumm."
„Vielleicht sollten Sie mal zum Arzt. Sich eine Spritze geben lassen."
„Donge fa den Tipp. Net needisch. Des mescht schun mei Fraa."

---

[162] Klingt auf Anhieb paradox, dabei bedeutet *graad* in diesem Fall: bloß

Wieder ein One-Hit-Wonder, **de Dieda***, den ich offengestanden schon ganz aus den Augen verloren hatte. Dabei hat der Mann Potential. Von seiner geheimnisvoll zupackenden Frau ganz zu schweigen.*
Zum Stammpersonal gehört hingegen mittlerweile ein Mann, der in der folgenden Geschichte erstmals in Erscheinung tritt und mir sogleich ans Herz gewachsen ist. Auch wenn er von unseren beiden Ermittlern nicht übermäßig geschätzt wird. Es handelt sich um den Vertreter der Spurensicherung: Axel Kornfeld, besser bekannt als

De Weize, dea Hannebambl

Verena Weipert stand unter Schock. Ihren Begleiterinnen erging es nicht anders, aber bei ihr saß er tiefer. Schließlich war sie es, die den Toten entdeckt hatte. Seltsam verrenkt hatte der rücklings über einem frisch gefällten, abtransportbereiten Baumstamm gelegen, sein Bike unweit davon, das Vorderrad in der Luft; ab und an drehte es sich lautlos infolge eines Windstoßes. Gespenstisch. Verena Weipert schauderte es bei dem Gedanken daran.

Dabei hatte der Tag so unbeschwert und verheißungsvoll begonnen. Wie jeden Montag hatten sich die drei Walkerinnen an der Heidelberger Bergbahn getroffen, um mit dieser zur Gipfelstation auf dem Königstuhl zu gelangen. Vor einigen Wochen waren sie auf diese Idee verfallen, ihren Parcours gemächlich, auf sanft abfallenden Wegen zu beginnen und erst später und nur nach Belieben das Pensum mit dem einen oder anderen gelinden Gefälle zu steigern. Dieses Mal hatte Brigitte Sandritter, die zur Tagesführerin auserkoren war – die Leitung wechselte regelmäßig –, recht früh forsch verkündet, man wolle nun einen Schlenker Richtung Schlierbach wagen. Was ihre Mitwalkerinnen murrend hingenommen hatten. So war es an einer Weggabelung zu einer folgenschweren Pause gekommen.
„Mia hawwe uns nämmlisch valoffe."

„Fa was?“, fragte Fritjof Freese, der unweit des Fundortes mit den Walkerinnen stand.
„Wie, fa waas? Fa was mia uns valoffe hawwe? Mia hot des aa net gebasst. Eisch?“
Ihre Mitwalkerinnen schüttelten den Kopf.
„Was hoddn des mit demm Ufall zum du? Mähne Sie vleischt, mia sin droo schuld? Des wüssdisch awwa. Hea, isch kenn denn jo gaa net, denn Hannebambl.“
„Feräänaa, loss denn Kommissaa. Dea wärdd schun wisse, wassa wisse will. Gell, Härr Kommissaa?“ Brigitte Sandritter betrachtete Freese mit unverhohlenem Wohlgefallen.
Freese nickte, obwohl er herzlich wenig verstand. Ihm war gänzlich unklar, woher die gereizte Stimmung kam.
„Verzeihen Sie, ich wollte von Ihnen nur wissen, was Sie meinen mit dem *Fa*.“
„Fa waas?“
„Eben. Sag ich doch. *Fa Loofe* oder so ähnlich haben Sie eben gesagt.“
„Valoffe. A so, des mähne Sie. Jetz hawwischs vastanne. Sie sin net vun doo, odda?“
„Nää, gwieß net.“ Brigitte Sandritter kam Freeses Antwort zuvor. „A, des heat ma doch, wie dea so voanehm babbelt. Wahrscheinz vun Ballien.“
„Odda Hambuag“, tippte die bisher Schweigsame.
„Awwa uff kähn Fall drunne vun Stuttgartt. Des deed ma heere.“
„Nein, in der Tat“, erwiderte Freese, nun seinerseits etwas gereizt. Er hatte gehofft, hier, in unmittelbarer Nähe zur Universitätsstadt Heidelberg, auf Hochdeutsch nicht nur verstanden, sondern auch angesprochen zu werden.
„Va-lau-fen ha-ben mia uns“, erläuterte Brigitte Sandritter teilnahmsvoll.
„Ah ja, und bei dieser Gelegenheit haben Sie den Toten also entdeckt.“

„Mia hawwe dischbudiat. Nuff odda nunna. Un donn hot die Feräänaa denn gsehe."
„Gönau, isch hab denn lieje gsehe do drowwe."
„Un jetzat?"

Tja. Das fragte sich Fritjof Freese in diesem Moment auch. Nachdem er sich vergewissert hatte, dass die drei Walkerinnen nichts Außergewöhnliches bemerkt hatten, entließ er sie mit dem Hinweis, man werde sich gegebenenfalls melden, falls doch noch Fragen auftauchen sollten. Freese beobachtete, wie sich die Walkerinnen wieder ihrer Stöcke bemächtigten und sich nach ein, zwei kurzen Aufwärmübungen in Bewegung setzten.
„Feräänaa …" hörte er noch aus der Ferne, dann waren sie hinter der nächsten Biegung verschwunden.

„Aldale! Do ware jo paa schääne Fegga[163] debei."
Axel Kornfeld war als Vertreter der Spurensicherung entsandt worden. Staksend mühte er sich durch das dichte Gezweig. Die letzte Hürde, eine schmale Furche, in der nur ein Rinnsal zu Tal plätscherte, überwand er mit einem ungelenken Sprung, was ihm in Anbetracht seines Alters und seiner Leibesfülle nur ächzend gelang.
„Wie siehtsn aus? Isch wäa fäddisch so weit."
„Wie ist Ihre Einschätzung?", fragte Freese, mehr der guten Ordnung halber.
„Isch deed saare, dea is gfahre, do drowwe[164] uffm Weg, zimmlisch steil, donn hots demm sei Voddaraad varisse, er is abgrutscht un is denn Abhang nunnagedorzzlt un do unne geje denn Boom[165] gebatscht."
„Hm", stutzte Freese, der den Ausführungen zunächst für ihn

[163] Feger
[164] oben
[165] Baum

erstaunlich gut hatte folgen können, dann aber über den Begriff *gedorzelt* gestolpert war, weshalb er den Faden verloren hatte.
„Haben Sie Fotos von allem gemacht?"
„Fa waas?"
„Für alle Fälle, vielleicht ergibt sich …"
„Klähna Witz! Des hawwisch nadierlisch, was glaawn Sie. Alles foddograffiat. Bloß net die Schnuggelisch vun eewe."
Freese blickte fragend.
„D-Feräänaa! Saare Sie bloß, die is Ihne net uffgfalle. Derre ian Bobbes? Aldale!"
„Herr Kornfeld, ein bisschen Zurückhaltung täte gelegentlich Not", mahnte Freese den älteren Kollegen.
„O, des sescht jo de Rischdische. Sie sin doch aa als gonz schää hea, hinna denne, hawwisch gheat. Sie hawwe doch aa geguggt bei de Feräänaa."
„Da muss ich Sie leider enttäuschen, die Damen sind für mich Zeuginnen, nicht mehr, nicht weniger."
„Z-alt, gell?", hakte Kornfeld nach. „Newebei, vaheiat sin Sie nett, odda?"
Freese ignorierte die Frage.
„Liewa ä Freindiin, gell? Odda bessa glei zwee."
Dröhnendes Lachen wehte durchs Geäst.
„Wann bekomme ich die Fotos?"
„Wie isch in Iam Alda waa, do hawwe mia schun zwee klähne Krutze[166] ghabt. Heit simmia vaheiat ball … loss misch mol reschle …"
Freese verdrehte die Augen.
„Un wisse Sie, was des Geheimnis is?"
„Na?"
„Aare[167] zu un duasch!"

---

[166] kleine Kinder
[167] Augen

In meine Krimis baue ich bewusst Begriffe ein, die aus der Alltagssprache zu verschwinden drohen. Die ich übrigens nicht mühsam suchen muss, beim Schreiben stoße ich wie von selbst auf Wörter aus meiner Kindheit. Ich bin manchmal selbst überrascht, wenn mir ein solches unerwartet in den Sinn kommt. Dies wiederum sorgt für entsprechende Anregungen von Leserseite bei meinen Auftritten: „Weesch, was noch eibaue musch?[168]"

Indes, machen wir uns nichs vor, die Entwicklung ist traurig, aber eindeutig: Es sind vielfach nur noch die Älteren, die Mundart sprechen. Was ich in meinen Krimis trotzig und demonstrativ ignoriere. Aber ich komme natürlich nicht umhin, besonders wortmächtige Vertreter der älteren Generation auftreten zu lassen. Erleben Sie nun Freeses erste Begegnung mit den an dieser Stelle noch Namenlosen in der Geschichte

Is doin Vadda Glasa?

Auf der Bank am Marktplatz finden sich seit Jahr und Tag drei Rentner ein. Das Fahrrad an die Wand gelehnt, ein Korb bereitet *vun denne ihre* mit lauwarmen Bierflaschen und üppigem *Feschba*[169]. Früher hatte man sich um diese Zeit im Roten Ochsen getroffen, doch seit die Frühschoppenkultur im Niedergang begriffen ist, muss man improvisieren.

Da sitzen sie Stunde um Stunde einträchtig *uffm Bengl. Bissl rädsche*[170], *bissl bruddle*[171], *bissl sinniere*[172]. Zumeist bewegungslos. Nur der ausgefranste *Stumbe*[173] wandert gelegentlich von Mundwinkel zu Mundwinkel.
Dialoge fallen eher spärlich aus.

---

168 Spitzenreiter aktuell: ***Olwa, mach des mol! Olwa!*** – *Schvasprechls.*
169 Vesper
170 tratschen
171 mäkeln
172 nachdenken
173 Zigarrenstummel

„Unn? Wie?“
„Frog misch net.“
„Un[174] sunscht?“
„Selwa.“

Freese war auf der Suche nach dem Kommissar. Von Marion Helche hatte er einen Tipp bekommen.
„Entschuldigung, können Sie mir sagen, wo der alte Bahnhof ist?“
Drei Augenpaare starrten ihn an.
Freese ließ ein wenig Zeit verstreichen, falls die Herren sich erst untereinander beraten wollten.
„Der ehemalige Bahnhof von Glickerbach. Soll hier ganz in der Nähe liegen. Den suche ich.“

Stille.

„Der Baaahnhoooof. Wohooo?“
Vielleicht musste er sich in Anbetracht des fortgeschrittenen Alters auf das Wesentliche konzentrieren, dabei lauter und deutlicher sprechen.
„Is doin Vadda Glasa?“

Erst jetzt fiel Freese auf, dass die drei Männer ihn gar nicht ansahen, sondern vielmehr durch ihn hindurchzublicken suchten. Als er sich umdrehte, erkannte er, wonach sie Ausschau hielten. Es war eine junge Lehrerin, die ihre Schüler gestenreich vor sich hertrieb. Freese tat einen Schritt zur Seite.
„A, endlisch!“

---

[174] Bestimmt ist Ihnen die unterschiedliche Schreibweise bereits aufgefallen. Das Wörtchen *und* kann im Dialekt eben zwei verschiedene Funktionen haben: die rein verbindende Aufgabe im Satz erfüllt *un*, wer dagegen eindringlich auffordern will, mit der Sprache herauszurücken, verwendet *Unn*? Gesteigert: *Unnä?*

Alle vier verfolgten nun, wie die bunte Schar in einer Gasse verschwand.
„Jetz issi fortt."
„Klähna Hunga?"
„Ä-ä. Dorscht wie än Frosch."
„Äh, was suchsch du nochmol?"
„Ich suche den alten Bahnhof."
Die Männer nickten wissend.
„De Boohouf, de alde …"
„Ach Gottl, is des lang hea …"
„Do keent isch Gschischtlin vazehle …"
„Mir würde schon genügen, wenn Sie mir den Weg zeigten."
„Alla guud, kannsch hawwe …"
„Dann deed isch mol saare …"
„Hogg disch!"

Gut zwei Stunden später war Fritjof Freese gesättigt, leicht beschwipst, aber auch um etliche Informationen reicher.

Er machte sich auf den Weg. Dabei fiel ihm auf, dass er bei aller frisch gewonnenen Kenntnis immer noch nicht wusste, wo sich dieser ehemalige Bahnhof befand.

Allagie uff Dabbische

Was will Kommissar Günda im Alten Bahnhof? Nun, wir wissen, er ist durchaus sentimental veranlagt, und so besucht er besondere Orte seiner Glickerbacher Vergangenheit wie das **Heaven**. *Mittlerweile eine Spielhalle mit angeschlossenem Sonnenstudio.*

Mit Bedacht stieg er die vertrauten drei Stufen zum Eingang empor, schob sich durch den schweren, abgestoßenen Vorhang und benötigte eine Weile, um sich an die plötzliche Dunkelheit im Innern zu gewöhnen.
An der Wand blinkten zahllose Automaten, die ewiggleichen Tonfolgen plärrend. Vor jedem thronte auf einem Barhocker ein Spieler, den flackernden Blick unablässig auf das jagende Zahlenwerk gerichtet. Gelegentlich klimperten Münzen in einen Schacht, die umgehend wieder Eingang ins Gerät fanden.

„Bissl spiele?"
Kommissar Günda schüttelte den Kopf.
Wortlos schob die gegerbte Blondine eine Wertmünze über den Tresen.
„Fimfe."
„Fa waas? Disch zum Oogugge? Do deedisch glatt zähne zahle, wenn isch mol klopfe därft."
Um nicht in anzügliches Licht zu geraten, tätschelte Kommissar Günda seine eigene rechte Wange.
„Noch son Spruch, Kiffabruch. Subba-Sunn koscht fimfe."

Kommissar Günda beließ es statt einer Antwort auf die erfrischende Unverblümtheit beim Zücken seiner Dienstmarke.
„A, sachs doch glei. Hea, Simoon, mol hea!"

Auf diesen Zuruf – die gewölbte Decke des Bahnhofsfoyers schien das gellende Geräusch gar nicht mehr hergeben zu wollen – tauchte ein ebenfalls brutzelbrauner Endzwanziger mit Jogginghose und Muskelshirt auf, an dem alles groß war. Abgesehen vom Kopf. Was auch die sorgfältig getrimmten Koteletten nicht zu ändern vermochten.

Kommissar Günda fühlte sich augenblicklich an *Department S*[175] erinnert.
„Ou! Tschejssn King[176]?"
„Hä? Nää, Simoon."
Da machte sich wieder einmal bemerkbar, wie prägend und wie trennend Fernseherfahrungen sein konnten.

„Gibtsä Probblähm?"
„Deado is vun de Bollezei."
„Fa waas?"
„Misch deed mol indressiere, desdo, des waa doch mol des Hewn?"
„Hä?"
„Nää, net *Hä*. Hewn. Subba Mussisch, subba Bäänds …"
„Mia hawwe subba Sunn."
„Ma siehts. Awwa isch will wisse, was is aussm Hewn worre?"
„A so, jetz hawwischs gabiat. Hewn, do ware mei Eldan als. Odda waa des de Ooba? Jednfalls, des waa soän utzlische[177] Ouldie-Schubbe. Awwa dea is schun lang nimmi gloffe."
„Un jetzat?"
„Leefts. Alles in Orddnung bei uns."

Kommissar Günda spürte, wie er innerlich Anlauf nahm: „Des finsch du in Orddnung, wenn die Leit ia bissl Bimbes[178] zu eisch

175 Britische Krimiserie von 1969/70
176 Jason King, deren Held
177 hässlich, heruntergekommen
178 Geld

neischlebbe. Wahrscheinz jedn Daag. Vun moggens bis oowets voa denne Käschde hogge, kä Luft, kä Lischt, kä Sunn."
„Desdaweje hammia jo Solarium."
Schweigen.

„Äh, was annares, kennsch du Inge Meyssl?"
„Hä?"
„Des hawwisch mia gedenkt. Hoisch, Simoon un Gretl, ihr zwee Knuschba-Keeks. Klähna Tipp: Wenn die kummt, die is exdrähm gfährlisch. Subba-Syschdähm-Spielarin. Die hot schun zweehunnat vun solsche Leede gsprengt. Un die hoddn Trick. Die mescht als uff Allagie."
„Allagie? Uff was?"
„Dabbische. Allo, uffbasse!"

Zufrieden trat Kommissar Günda ins Tageslicht. Das war er seinem Heaven einfach schuldig gewesen.

Gegwööhnt

Auch wenn er es nicht immer deutlich werden lässt, Kommissar Günda weiß seinen Assistenten zu schätzen. Gerade gegenüber Dritten spart er nicht mit Lob. Neidlos erkennt er an, wo dessen Stärken liegen.

„Des Guude am Freese is jo, dea kanns äfach mit de Fraue. Jednfalls bessa als wie[179] isch."
„Ealisch gsacht, do binnisch ma nimmi so sischa."
„Hä? Wissoän des? Dea steht doch noch guud do."
„Hm."
„Isch kann des jo net so rischdisch beuadeile als Monn, awwa finsch des net? Du als Fraa, Marioon?"
„Hm."
„Odda hodda schun noochglosse? Gonz ealisch! Isch kann dodemit leewe, isch deeds vakraffde. Saach dei Sach!"
„Nää. Awwa ea hot sisch schun so bissl vaännat, Ian Frischling. Schnuggelisch, des issa als noch. Awwa mia is was annares uffgfalle."
„Nämmlisch? Auf, Marioon! Isch bin demm soin Tschief, isch muss des wisse, wenn was is mit demm!"
Marion Helche druckste: „Ea … ea guggt nimmi so."
„Wie? Gugge?"
„A so rischdisch. So wie die Männas halt gugge. Isch hab schun gedenkt, sliggt vleischt on mia. Awwa wie voahien de anna do waa …"
„De Weize?"
„Wea?"
„Egool, dea dabbische Tschikkolo halt. Was waren mit demm?"

---

[179] Diese Formulierung taucht nicht zum ersten Mal in diesem Buch auf, aber nun muss ich doch noch eine würdigende Bemerkung darüber verlieren: *Wie* alleine würde auch genügen, aber *als wie* dient einem vollendeten Komparativ.

„A, dea hot glei mol geguggt.“
„Wie?“
„A, uff misch. Wie die Männas halt sin.“
„Vasteh isch net. Isch aa?“
„Nää. Sie net, Tschief.“
„Donge. Is des jetz guud odda net so guud?“
Marion Helche ignorierte die Frage.
„A, uff de Bobbes beispielsweis gugge die.“
„Hä? Uff de Bobbes gugge? Fa waas?“
„Eewe drum, Sie kenne des net.“
„Moment, isch keent des aa. Awwa fa waas? Was bringtn des?“
„Kää Ahnung. Blässia[180]?“
„Finsch?“
„Fa misch net, fa die Männas halt. Fa die annare.“
„Hm. Indressant. Des mussisch ma mol meiike.“
„Hawwe Sie des nie gemacht, Tschief?“
„Doch. Fria. Bissl. Klää bissl. Awwa isch hab mias abgegwööhnt. Waa net weidas schwea, isch habs imma efdas vagesse.“
„Odda …“ Marion Helche legte nach. „Des owwerum.“
„Owwerum? Wuä?“
„Tschief, Sie wisse schun.“
„Isch weeß gaa nix. Un des langt mia.“
Marion Helche konnte sich ein Grinsen nicht verkneifen. „Sie sin so goldisch, Tschief.“
„Donge. Hea mol, un de anna, voahiin, dea hot glei mol geguggt?“
„Gönau.“
„Un de Freese?“
„Nimmi.“
Kommissar Günda überlegte kurz und spielte dann seine geballte Lebenserfahrung aus: „A, vleischt, weilas schun kennt.“

---

180 Pläsier

Auf, mia gähne!

Indes, es ist nicht zu leugnen: Freeses Wirkung auf Frauen bleibt über die Jahre ungebrochen. Ich gebe zu, auch aus dramaturgischen Gründen. Er muss sich so mancher Avancen erwehren. Im Fall von Verena Weipert – Sie erinnern sich an diese wichtige Zeugin auf dem Königstuhl, deren Vorzüge **de Weize** *so plastisch geschildert hat – kommt ihm eine erneute Begegnung durchaus gelegen. Nicht nur in ermittlungstaktischer Hinsicht. Und so finden sich beide auf dem Königstuhl an der Gipfelstation ein. Freese ist mit dem Auto gekommen, Verena Weipert mit der Bergbahn. Sie wartet bereits direkt neben dem Gebäude und beobachtet, wie sich ein Gleitschirmflieger bereit macht. Das Zaudern des Mannes lässt sie nicht gelten:*

„Auf, des packsch du! Dea Wind is ideal! Bessa wärdds net. Nunna kummsch imma!“

Freese betrachtete von der Seite das Schauspiel und dachte in Anbetracht des massiven Dialekts kurz darüber nach, ob er sich doch lieber von dannen schleichen sollte, aber da hatte ihn Verena Weipert schon entdeckt.
„A, dea Härr Komm … äh …“ Sie dämpfte ihre Stimme: „Grüß disch, Peda. Bisch bissl zu spoot. Mescht nix.“
„Peda?“ Freese war irritiert.
„Anda Kaffa[181]. Vastehe Sie?“, raunte sie ihm verschwörerisch zu. Und sie gab Freese etwas, das Kommissar Günda unzweifelhaft als *batschnasse Schmatza* bezeichnet hätte.
„Auf, mia gähne!“
Freese stutzte.
„Nää, net gähne wie mied. Goldisch! Isch habs schun gemeiikt, Sie hawwe als bissl Probblähme mit unsare Sprooch. Mescht nix, des krieje ma hie. Auf, mache Sie mol duasch! Isch geh, du …“

---

181 Under Cover

„?“
„Grammadisch. Schää konjugiere, des bringt was: isch geh, du …“
„Gehst.“
„Falsch! Du gehsch. Weida! Ea, sie, ees …“
„Geht.“
„Des is äfach. Awwa jetz kummts: mia …“
„Gehen?“
„Eewe net. Mia ge-hen. Kroddevakeat. Mia gähne. Un gönau des mache mia jetzat, mia zwee Hibbsche.“ Sie flüsterte: „Die bescht Tarnnung, des is ä Liebespäale. Des hawwe Sie doch bstimmt aa gelärnnt bei de Bollezei. Isch weeß des. Ä Kussiin zu mia[182], die waa mol mit ähm zamme, des waa soän Strooma, isch sachs Ihne. Denn hawwisch beobacht uff die Aat. Drei Daag. Dea hot nix gemeiikt, dea Sseftl. Un donn hawwisch denn vawischt. Glaawe Sie des?“
Freese ahnte nur, was er glauben sollte, aber nickte vorsichtshalber ergeben. Woraufhin sich Verena Weipert bei ihm unterhakte.
„Schää isses doo, gell? Aiig schää. Ramondisch bis hinnewedda.“

Sie spazierten in Richtung Schlierbach, seine Begleiterin war sich ihres Weges sicher. Und wann immer ihnen jemand begegnete, schmiegte sie sich nur umso fester an ihn.
Anfangs holperte es, aber schon bald liefen sie im Gleichschritt. Wobei Freese das Gefühl hatte, immer war er es, der seine Schritte anpasste.

Endlich erreichten sie den Fundort der Leiche. Freese hatte eigentlich keine Ahnung, was er hier suchte, immerhin hatte die Spurensicherung das Gelände bereits abgesucht. Aber irgendwie misstraute er dem Weizen. Wer weiß, ob der akribisch genug

---

182 meine Cousine – wie profan gegenüber der Dialektformulierung

vorgegangen war, womöglich hatte er doch etwas übersehen.

Nicht ohne Mühe schälte er sich aus der Umklammerung: „Ich werde nun das Gelände in Augenschein nehmen."
„Isch kumm grad mit, Sie wisse des doch wahrscheinz gaa nimmi, wu mia die Leisch gfunne hawwe. Un fia Aare sehe mähna als wie zwee. Un isch hab soggaa mei Brill debei. Donn wäres sechse. Do drowwe! Iwwa demm Boom."

Verena Weipert war nicht bloß neugierig, sie suchte erkennbar immer wieder Freeses Nähe.
„Weje weils so schää uffregend is. Wie im Kinnoo. Gell?"

Ein Jogger näherte sich.
„Obacht!"
Unvermittelt stürzte sie auf Freese zu und schlang die Arme um seinen Nacken.
„Du bisch ma ähna, moin Peda!", gurrte sie in den Wald. „Du kriggsch nie genung vun mia, gell?"
Der schwer atmende Sportler bedachte sie mit einem Blick, in dem die ganze Last seines bisherigen Pensums zu liegen schien.

Als er außer Sichtweite war, löste sich Freese erneut und stob entschlossenen Schrittes den Hang hinauf.
„Dort oben ist er also gestürzt", rekapitulierte er dabei laut. „Mehrere Meter ist er hinuntergetrudelt. Vielleicht hat er etwas auf dem Weg verloren. Bleiben Sie mal unten, Verena, damit wir keine Spuren verwischen, vielleicht muss ich die Kollegen ein weiteres Mal bemühen."
Den Blick auf den Boden geheftet, fielen ihm nur ein paar gebrochene Äste auf. Und imposante Hirschkäfer.
„Suche Sie des?"
Ihr Rufen gellte durch den Heidelberger Stadtwald. Verena Weipert hielt triumphierend einen USB-Stick in die Höhe. Aus

der Ferne vermochte Freese nicht auszumachen, um was es sich handelte: „Was ist das?“
„Än Schdick!“
„Von was?“
„Wie vun was? Än Schdick hawwisch gfunne.“
„Aha. Interessant. Ein Stück Baumrinde? Ein Stück Wildschwein? Ein Stück Kuchen?“
Freese war etwas gereizt. Es war vielleicht doch ein Fehler gewesen, die Zeugin mitzunehmen. Es erinnerte ihn an die ersten Trainingseinheiten auf der Polizeischule, wo in allem ein dramatisch sachdienlicher Hinweis gesehen wurde. Da fehlte nun doch das geübte Auge.
„Das brauchen wir nicht, das können Sie wegschmeißen.“
Seine Worte klangen bestimmt, und er machte vorsorglich die dazu passende abwertende Geste.
„Alla guud, wenn Sie des mähne.“

Nach weiteren zwanzig Minuten brach er die Suche ab.
„Hat keinen Zweck. Es fängt ohnehin an zu regnen. Wir gehen.“
„Stopp! Wie heeßt des bei uns? Mia …?“
„Geh-nö?“
„So ähnlisch. Auf!“
Und sie hakte sich erneut bei ihm ein.
Als sie wieder an der Bergbahn angelangt waren, war Verena Weipert voll des Lobes: „Des waa indressant, aiig indressant. Un wie Sie des alles im Griff hawwe, ffännomennaal. Was wischdisch is, was net. Isch deed des net wisse.“
„Nun, ein bisschen Erfahrung, der geschulte Blick.“
„Sie sin halt de Expärdde, des meiikt ma glei.“
Freese sah keine Veranlassung, ihrer Schmeichelei zu widersprechen, und fühlte sich in seiner Entscheidung, Verena Weipert mitzunehmen, nun wieder bestätigt.
„Isch zum Beispiel, isch heed jo gedenkt, des wäa wischdisch, wenn ma so was find im Wald wie denn Schdick.“

Freese wurde schlagartig heiß. Er erinnerte sich an Kommissar Gündas Mahnung *Aufpasse mit dene Artikel!* Oder jedenfalls so ähnlich.

„Wie? Was? Sagten Sie eben *den* Stück?“

„Hä?“

„Ich meine, sagten Sie *den* Stück oder *das* Stück?“

„Nää. Weda noch. De Schdick halt.“

„Der Stück Holz?“

„Holz? Aba. Vum Kommbjuuda de Schdick.“

„Ein USB-Stick? Sie haben vorhin einen USB-Stick gefunden?“ Freeses Stimme wurde höher und erhielt einen etwas schrillen Beiklang.

„Hawwisch doch gsacht.“

„Und wo ist der jetzt, der USB-Stick?“

„A, denn hawwisch forttgschmisse, wie Sie des valangt hawwe.“

Bissl huitt, monsche[183]

Eingespielt sind sie mittlerweile, unsere beiden Ermittler. Es gibt allerdings auch Momente, in denen Kommissar Günda sehr deutlich macht, wer hier der Chef ist.

„Was sollen dea Kees jetzat?“

Vorwurfsvoll deutete Kommissar Günda auf die aktuelle Ausgabe der *Rhein-Neckar-Zeitung*, in die Freeses Zeugenaufruf gerade noch Eingang gefunden hatte.

„Tschief, das ist allemal wichtig. Vielleicht ist der Täter oder die Täterin beobachtet worden.“
„Hawwisch dia des vleischt uffgetraare?“
„Nein, haben Sie nicht.“
„Donn bisch du selwa uff die Idee kumme?“
„Ja, das bin ich.“
„Sauwa. Weesch was?“
„Na?“
„Donn kannsch des aa allää ausbade. Du weesch, was kummt?“
„Ja, ich weiß, dass wir jetzt ziemlich viel Arbeit haben werden. Und es werden bestimmt auch einige Hinweise eingehen, die uns nicht weiterbringen.“
„Einige? Net weidabringe? Pff. Bissl huitt, monsche.“
„Nun, da werden wir eben filtern müssen.“
„Mia? Du! Du, moin Liewa. Gonz allää du. Viel Spass. Heit mogge hawwe schun bstimmt zwonzisch oogerufe.“
„Und was haben Sie gesagt?“
„Dass isch net doo bin.“
Das Telefon läutete.

---

183 Kurz und prägnant wird so der Umstand umschrieben, dass manche Mitbürgerinnen und Mitbürger gewisse Eigenarten haben.

„Aa, sgeht schun widda los." Kommissar Günda nahm den Hörer ab. „Sokko-doo-ä, waas kaan isch füa Sie tuhen?"

Freese verdrehte die Augen und bot an, das Gespräch zu übernehmen, aber Kommissar Günda winkte ab.
„Wegen dem Maun-tähn-balalaika. Genau. Da sind Sie ja ganz rischdisch bei mir. Und? Was haben Sie beob-hachtet? – Aha. – Aha. – Aha. – Ähä. – So. Also einen Serien-tä-ta. Mit Messer. Und Gapel. – Ach, nischt Gapel, Skal-pell! Noch besser. – Und nackisch war er auch? Schöön. – Ja, das kann ich mir vorstellen. Sehr gut kann ich mir das sogar vorstellen. – Ja, das habe isch notiat. Dann möschte isch Sie bitten, dass Sie bei mir vorbeikommen. Am besten gleisch. Freese mein Name. Friedhof Freese. – Ja, genau, wie Fronleischnam. Und bringen Sie doch Ihre ganze Famillje mit. Oder besser noch alle, die Sie kennen. – Nein, ahnziehen müssen Sie sisch nischt. Auf keinen Fall. Bloß nischt. – Tanke. Isch freue misch auch. Riiiissisch."

„Ja, ich gebe zu, das wird nicht einfach. Allerdings, Tschief, es wäre ganz nett, wenn Sie das mit dem Friedhof lassen würden."
„Wisso? Des stimmt doch."
„Ach ja, wer sagt das?"
„A, dei Indanett. Dei Guugl[184]. Isch hab des eigäwwe."
„Was haben Sie eingegeben?"
„Doin Name: Fritjof. Un weesch, was dei Indanett dann gsacht hot?"
„Na?"
„*Meinten Sie Friedhof?* Hawwisch gsacht: Gönau. Sicksch."

[184] Google

Wir bleiben noch ein wenig bei dieser Geschichte. Trotzig, aber auch ein wenig schuldbewusst macht sich Freese an die Abarbeitung der zahllosen eingehenden Hinweise. Der Hartnäckigkeit seiner neuen Verehrerin ist es zu verdanken, dass die Herkulesaufgabe gelingt: ***D-Feräänaa*** *taucht zur rechten Zeit in der Sokodo auf und entpuppt sich als fähige Telephonistin. Mit einem allerdings haben beide nicht gerechnet, mit ihrem Mann:*

De Glaus

Gerade als Fritjof Freese und seine neue Assistentin zufrieden und erschöpft in ihre Sitzmöbel sanken, riss ein eindringliches Klopfen die beiden aus ihrer einträchtigen Stimmung. Ehe Freese antworten konnte, erschien ein Mann mit hochrotem Kopf in der Tür. Verena Weipert erstarrte.
„Glaus? Duä? Was meschn du do?"
„Des froorisch disch, Feräänaa!"
„Isch? Isch bin am Schaffe."
„Schaffe? Pff. So nennt ma des heit?"

Freese, der sich sogleich wieder hinter seinen Schreibtisch zurückgezogen hatte, beobachtete den Wortwechsel zunächst schweigend, sah sich aber irgendwann doch genötigt, sich einzuschalten: „Darf ich erst einmal fragen, wer Sie sind?"
„Isch? Drei Mol derfe Sie roode!" Eine nicht ernstgemeinte Aufforderung, wie sich zeigte. „Isch bin derre ian."
Freese runzelte die Stirn.
„Des is moina", sprang ihm Verena Weipert bei, was zunächst auch nicht zu Freeses Erhellung beitrug. „Moin Mann is des."
„Ah, verstehe. Angenehm", erwiderte Freese betont sachlich. „Freese, Fritjof Freese."
„Dea? Dea is des? Dea Hannebambl? Weje demm bisch du laufend fortt vun dehähm? Un isch kann sehe, wie isch klaakumm. So leeft des net, Schätzl, des saarisch dia. Un zwaa schriftlisch."

Freese rang um eine Erklärung, vermochte aber zunächst keine rechte Gelegenheit zu finden, den Wortschwall des Mannes zu unterbrechen: „Es war ganz zufällig, es hat sich so ergeben, aber es basiert hier alles auf Freiwilligkeit."
„Freiwillisch? Wahrscheinz voa allem willisch, des kannisch ma voastelle." Klaus Weipert wandte sich wieder an seine Frau. „Wie stellsch da des voa, hä? Wie? Auf, vazehl mol!"
„Glaus, des is mei Sach, des geht disch gaa nix oo."
„So? Des geht misch nix oo? Des seh isch bissl annaschda. Un Sie, wie sehe Sie des?"

Freese sah vor allem keine Möglichkeit, den Raum unbeschadet zu verlassen, zu aufgeheizt schien die Stimmung. Er machte einen zaghaften Versuch: „Ich schlage vor, am besten, Sie klären das erst einmal unter sich."
„Nänänänänää. Des deed Ihne so basse. Kaade uff de Disch. Was is bishea gloffe?"
„Wie?"
„Sie hawwe misch schun rischdisch vastanne. Isch will wisse, was gloffe is zwische eisch zwee Hibbsche. Wonn? Wie oft? Wie long?"
„Gar nichts", beteuerte Freese, als ein weiteres Klopfen an die Tür drang, diesmal zaghafter.
„Ja, bitte!" Freese hoffte auf Marion Helche und war überrascht und erfreut zugleich, als er seine aktuelle Freundin erblickte: „Bianca! Wie schön! Komm rein! Darf ich vorstellen? Das ist meine."

Das Ehepaar reagierte verdutzt. Klaus Weipert fand als erster seine Sprache wieder: „Moooment! Was heeßtn des?"
„Das ist meine!", wiederholte Freese, sichtlich erleichtert. „Es geht auch schon eine Weile. Jedenfalls länger. Viel länger als … alles andere."
„Des aa noch? Zweegleissisch fäat dea Sseckl! Hosch des gheat,

Feräänaa? Du bisch bloß die zwedde Wahl. Falls des nix gibt mit derre. Mit demm Schrubba aa noch. Die hot doch nix druff, des sieht ma doch glei. Uumeeglisch!"
„Bitte, mäßigen Sie sich, Herr Verena, ich versichere Ihnen, ich hatte nie die Absicht, mit Ihrer Frau …"
„Ha! Isch habs geahnt. Do hoschs. Mitnämme un forttschmeiße, des simma die Rischdische. Awwa so äfach kumme Sie net defu, des saarisch Ihne. So net."
„Ich verstehe nicht."
„Sie vastehe des guud, aiig guud."
„Um was geht es Ihnen?"
„Bimbes."
„?"
„Zaschda, Geld!"
„Sie wollen von mir Geld? Für Ihre Frau?"
„A, fa was sunscht. Odda mähne Sie, des geht fa umme?"
„Fa – was?"
„Fa umme. Mit oohne Geld."
„Einen Moment, Sie wollen, dass ich Ihnen für Ihre Frau Geld gebe? Vielleicht noch ein paar Esel und Kamele dazu? Wo sind wir denn hier."
„Hä?"
„Genau. Das frage ich Sie: Hö?"
„Hea mol. Meini, die hot gschafft fa Sie. Fa umme."
„?"
„Ge-aa-bei-det füa Sie hat die. Oohne Geld. Des gibts bei mia net."
„Ach so", antwortete Freese erst irritiert, dann erleichtert. „Und ich dachte, Sie glauben, ich hätte eine Affäre mit Ihrer Frau, und Sie regen sich deshalb so auf."
„Hä?"
De Glaus stutzte.

„Ä Affääa? A-wa[185]. Ach Gott, uff die Idee binnisch jetz gaa net kumme. Is jo worscht. Isch deed saare fimfhunnat, un die Sach is fa misch aleedischt.“

So klärte sich alles zu guter Letzt. Freese handelte auf 300 Euro herunter, und die beiden verließen sein Büro. Allerdings schien deren Eintracht nachhaltig erschüttert.
„Hea, Glaus, wie hoschn des gemähnt voahien? *Des kannisch ma net voastelle.* Drausch du mia des etwa net zu, ä Affääa?“
„Oh, geh fortt, Feräänaa, losses, dea Zuch is abgfahre. Des kannsch vagesse.“
„Wie bidde? Des wolle ma mol sehe, des kannsch hawwe...“

185 Nein mit einem Unterton, hier: *Die und eine Affäre? Im Leewe net!*

Momente, da man sich uneinig ist, die gibt es immer wieder. Wie überall. Aber im Großen und Ganzen genießt Freese das volle Vertrauen seines Chefs, allen sprachlichen Mängeln zum Trotz. Er weiß, er kann sich auf dessen Einsatz und auf dessen Loyalität verlassen. Nicht ganz unwichtig, denn von seinen Vorgesetzten wird Kommissar Günda, dieser Freigeist, durchaus kritisch beäugt.
So sehr ist das Vertrauen gewachsen, dass es zum Äußersten kommt: Kommissar Günda macht Urlaub. An der Ostsee.

Hawwe Sie Reale?

Etwas hatte ihn gleich zu Beginn seines Strandbesuches irritiert. Er hatte nur nicht gewusst, was. Nun, da er die Schaufeln und Eimer am Kiosk sah, war es ihm klar: Hier gab es keine Strandburgen. Und die gehörten doch unbedingt an einen Ostseestrand.
Kommissar Günda suchte sich ein halbwegs stabiles Werkzeug mit blauem Metallblatt aus.
„Damit die Enkel schön beschäftigt sind", zwinkerte ihm der Kioskmann zu.
„Gönau", erwiderte Kommissar Günda und wunderte sich, dass er hier am Strand offenbar der einzige Erwachsene mit gestalterischem Ehrgeiz war.

An seinem Platz angekommen, machte er sich sogleich ans Werk. Zunächst zog er eine Linie genau zwischen seinem und dem Strandkorb seines Nachbarn. Der beobachtete ihn. Er wusste nicht recht, ob interessiert oder belustigt. Dann begann Kommissar Günda mit den Erdaushubarbeiten. Schon bald wurde ihm warm, er war die körperliche Arbeit nicht gewöhnt, die Sonne tat ein Übriges. Er entledigte sich seines Hemdes.

Nach einer knappen Stunde hatte er es geschafft, ein ansehnlicher Wall umgab sein neues Zuhause. Erschöpft aber zufrieden

ließ er sich in seinen Strandkorb fallen, nachdem er diesen dem Sonnenverlauf entsprechend gedreht hatte.
„Ausm Westen, wa?“, tönte es aus dem Nachbarkorb.
„Gönau. Heidlbäiig.“
„Schön, schön.“
„Hm“, gab Kommissar Günda bescheiden zurück.
„Nur schade…“
„Hm?“
„Ick saachte, schade isset…“
„Waas?“
Sein Nachbar beugte sich nach vorn.
„Schade, det man hier keene Strandburjen bauen darf. Wejen dem Wind. Wejen dem Sand. Dass der nich wegjepustet wird, wa?“
„Hm.“
„Steht ja auch überall janz jroß anne Promenade.“
„Hm.“
Kommissar Günda spürte eine körperliche Veränderung. *Soän Hals hawwisch grad, soän Hals.*
„Wie heeßt det so schön: Die Maua muss weg! Wa? Haha.“

Auch Kommissar Günda erinnerte sich gerade an einen Slogan aus früheren Zeiten: *Feinde schaffen ohne Waffen.*

Doch schnell siegte seine Vernunft. Schließlich befand er sich im Urlaub. Und so machte er sich auf den Weg, für sich und seinen Nachbarn ein versöhnendes Getränk zu besorgen.
Suffaräähn. Wie sisch des gheat in demm Alda.

„Hawwe Sie Reale[186]?“, fragte er den Kioskbetreiber, nachdem der ihm zwei Flaschen eiskalte Fassbrause überreicht hatte – für Alkohol war es definitiv zu früh.

---

[186] Strohhalme

„Ob ich was habe?“
„Reale.“
Angestrengt suchte Kommissar Günda nach dem rechten Wort auf Hochdeutsch, ihm fiel jedoch lediglich der Dialektausdruck ein. Er wusste genau, dass es diesen anderen Begriff gab, aber er kam nicht darauf.
„Gibts des?“, fragte er sich leise. „So fängt des wahrscheinz oo.“
„Was fängt an?“
„Vagessales.“
„?“
„Vagesses. Isch moine des zum Neistecke.“
„Reinstecken? In die Brause? Sie meinen Eiswürfel?“
„Nää. Neinä. Noin.“
„Ah, jetzt weiß ich. Bierwärmer. Es ist Ihnen zu kalt. Tut mir leid, das habe ich nicht.“
Kommissar Günda hatte sogleich jemanden vor Augen, der im Restaurant sein Bier regelmäßig mit einem solchen aufgeheizten Metallstab anzuwärmen pflegte, und es machte ihm zu schaffen. Bei dem Jemand handelte es sich um seinen Großvater.
„Wisse Sie was, isch nämm liewa zwee Bescha.“

So ausgerüstet machte er sich auf den Rückweg. Der Empfang war überschwänglich: „Oh, et jibt wat zu trinken. Mein lieber Scholli! Glei zwee Flaschen Brause! Wenn wa det ma bis Ende der Woche schaffen! Da hat aber einer die Spendierhosen an, wa?“
Kommissar Günda überging die dreiste, unverhohlene Kritik.
„Allo. Proscht. Ibbrigenz, isch bins, de Günda.“
„Emil mein Name. Anjenehm.“
Sie stießen beide an, und Kommissar Günda nahm wieder in seinem Korb Platz.
„Bisken kalt, die Pulle.“

Klarer Punkt für ihn.

De Bärnt Aut

Freese kommt bestens alleine zurecht. Aber er weiß auch, wann er die Hilfe eines Kollegen in Anspruch nehmen muss. Dies ist vor allem dann der Fall, wenn es ein nicht unwichtiger Mann wünscht: der Autor.

„Ja, hier Freese, Fritjof Freese. Kann ich bitte Herrn Weizen, ich meine Herrn Kornfeld sprechen?"
„An de Abbaradua[187]!", wieherte es am anderen Ende. „Hea mol, mia ware doch schun beim Weize."
„Stimmt", erinnerte sich Freese. „Ich war mir nur nicht sicher, ob dieser Spitzname in der gesamten Abteilung gebräuchlich ist."
„A, des glaabsch awwa. Gönau wie Ihra, Härr Annaschda. Ibbrigenz, vleischt wärrisch ball beföddat. Wisse Sie, wie isch dann heeß?"
„Na?"
„Dobblbock! Klähna Witz, awwa net schlescht. Was gibts, Härr Annaschda? Ou, Mooment. Derf isch des iwwahaupt noch saare zu Ihne?"
„Selbstverständlich! Spitzname gegen Spitzname."
„Allo, was ischn lous?"
„Ich hätte da eine kleine Aufgabe für Sie. Es geht um den Verdacht auf Verstoß gegen das Betäubungsmittelgesetz."
„Hä? Bee Dee Ämm? Was hebdn ia dodemit zum schaffe?"
„Eben. Nichts. Und deswegen möchten wir, dass Sie sich darum kümmern."
„Ähä. Was mähndn de Tschief?"
Es kam nicht zum ersten Mal vor, dass Kornfeld Freeses Kompetenz in Zweifel zog.
„Der sieht das nicht anders als ich."
„Dann gewwe Sie mia denn mol, denn Dabbes."

---

187 demonstrativ launig für: *Am Apparat*

Dabbes, die Verwendung dieses Begriffes gab Freese immer wieder Rätsel auf. Dabei war die Bedeutung eigentlich klar: Dummkopf. Entsprechend wurde das Wort ja auch benutzt: „Dea? Des issn Dabbes. Awwa voll."
So weit, so klar, so herabwürdigend. Das vernichtende Urteil über einen Dritten.
Interessanterweise war Freese jedoch schon des öfteren Zeuge gewesen, wenn sich Menschen folgendermaßen begrüßten: „Ach Gott doo, dea Dabbes is jo aa doo!"
Formal immer noch in der dritten Person formuliert, aber doch eindeutig einem Anwesenden zugedacht.
Der so Titulierte reagierte für gewöhnlich in ähnlicher Art und Weise: „Hea, du Sseftl, des waa jo klaa, dass du schun beim Bierle hoggsch, du Hannebambl, du bleeda!"

Für Freese eine Ansammlung von Begriffen, die er nicht übersetzen konnte, von denen aber klar war, dass sie auf jeden Fall eines waren: beleidigend. Aber seltsamerweise wurden sie nicht so empfunden. Kein Befremden, kein Zeichen von Empörung über eine solche Ansprache. Waren die Kurpfälzer immun gegen derlei? Konnte man sie vielleicht gar nicht herabwürdigen? Waren sie abgestumpft durch Schmähungen über Jahrhunderte? Hatten sie sich abgefunden mit diesem Urteil der Geschichte: der Kurpfälzer, ewiger Dabbes vor dem Herrn?

Nein, Kommissar Günda betonte es immer wieder, im Dialekt kam es weniger darauf an, *was* gesagt wurde, sondern *wie*.
Hier allerdings gab es noch weitere Ebenen: Entscheidend war ebenso, *wer* etwas sagte. Und *zu wem*.
Vergleichbares gab es seines Wissens im Hochdeutschen nicht:
„Hallo, du blöder Schwachkopf!"
„Ah, da bist du ja, du Idiot, du selten dämlicher!"
Es lag auf der Hand, wohin ein solcher Dialog alsbald führen würde.

Nicht genug damit, dass gewisse Personen einander auf diese spezielle Art ansprechen durften, es war wohl bisweilen gar Ausdruck einer besonderen Wertschätzung, in den Genuss der Bezeichnung *Dabbes* zu kommen. Das bedeutete, wollte man jemandem klar machen, wie sehr man ihn mochte, empfahl sich offenbar dafür dieses Wort. Fragte sich allerdings, ab wann man erlaucht war, zu diesem Vokabular zu greifen.
Herr Weizen, Sie Dabbes!, das wäre vermutlich verfrüht, obwohl es Freese gerade reizte. In mehrerlei Hinsicht.

„Donn gewwe Sie mia denn mol, de Tschief, denn Dabbes."
„Das geht leider nicht."
„Hä? Wisso?"
„Kommissar Günda ist außer Haus."
„Un wann kummda widda zrick?"
Diese Wendung behagte Freese nicht: „Das kann dauern."
„Heit noch?"
„Heute nicht mehr, nein."
„Mogge?"
„Voraussichtlich auch nicht."
„Indressant. Un wie siehts iwwamogge aus?"
„Herr Weizen, das spielt doch jetzt gerade überhaupt keine Rolle."
„Fa misch schun. Dea wollt misch jo aa noch spreschle."
„Kommissar Günda wollte Sie sprechen? Davon hat er mir gar nichts gesagt."
„Eewe drum. Allo, wann issan widda do?"
„Also gut, Herr Weizen. Kommissar Günda befindet sich im Urlaub. Für zehn Tage. Voraussichtlich."
„Dea? De Tschief? Im Ualaub? Des gibts jo net. Wu issan hiegfahre? Taijanbach[188], zelde? Neilusse[189], an de Blausee?

---

188 Tairnbach

189 Neulußheim

Weida is dea doch noch nie in seim Leewe kumme."
„Kommissar Günda ist an die Ostsee gefahren."
Stille.

„Sind Sie noch dran, Herr Weizen?"
„Hajo."
„Sagen Sie bloß, es hat Ihnen die Sprache verschlagen."
„Alladings. Sie wisse, was des heeßt?"
„Nämlich?"
„Klara Fall vun **Bärnt Aut**."

Weit gefehlt, Kommissar Günda genießt die Zeit und schwelgt an der See in Erinnerungen:

De neie Fräd Aschdea[190]

Kurschatten, eine Verheißung, die Kommissar Günda immer schon gefallen hatte und der er insgeheim hier zu begegnen hoffte. Erst hatte er die Vorstellung gescheut, ein Kurgast zu sein. Als Kind hatte er mit seinen Eltern des Öfteren seine Großmutter während ihrer regelmäßigen Aufenthalte in Bad Bergzabern besucht. Das letzte Mal mit 15, kurz nach seinem Tanzkursabschlussball. Prompt hatte ihn *Ooma Therees* nach dem obligatorischen Spaziergang im Kurpark zu einer Veranstaltung ins Kurhaus geschleppt, die sich als sogenannter Tanztee entpuppte. Mit Live-Musik. Eine Dreimanncombo. Die Mitglieder sahen zwar aus wie Rockmusiker – die schulterlangen Haare waren zum Zopf gebunden –, spielten jedoch in einer beängstigenden Besetzung: ohne Schlagzeug, ohne elektrische Gitarre. Als sie *Immer wieder sonntags* intonierten, hatte seine resolute Oma jegliche Bedenken des angehenden Walzerkönigs beiseite gewischt und ihn kurzerhand auf die Tanzfläche gezerrt. Dort hatte er im Kreis der sich wiegenden Greise zunächst versucht, im lauthals mitgesungenen *tippitippitipptiiii* ein erlerntes Zählmuster wiederzuerkennen. Womöglich Cha-Cha-Cha?
Der Widerstand seiner Großmutter gegen seinen Versuch zu führen, wie es sich ja angeblich für sein Geschlecht zumindest beim Tanzen gebührte, dieser Versuch war bereits im Keim erstickt worden, seine Bewegungen waren an diesem unüberwindlichen Fels von Großmutter abgeprallt.
Und so hatte er sich eben ergeben, eingereiht in die behäbig wogende Schar und inständig auf ein baldiges Ende des Liedes gehofft.

---

190 Fred Astaire

Leider hatte sich der Sonntagsschlager als Auftakt eines Potpourris entpuppt. Das Grinsen des an Frank Zappa erinnernden Klavierspielers, das er zuerst als Solidaritätsbekundung empfunden hatte, war nur dessen diabolische Begrüßung jedes weiteren Titels: *Eine neue Liebe ist wie ein neues Leben*, *Ich bin verliebt in die Liebe*, *Fiesta Mexicana*, *Schöne Maid, hast du heut' für mich Zeit.* Im zuckenden Schein der dreifarbigen Lichtorgel zu Füßen des Wandergitarristen, dessen mit kathedralem Hall versehene Stimme von Lied zu Lied tiefer aus dem Jenseits zu kommen schien. Mittlerweile war die Hölle in Rufweite: *Hojahojaho!*
Mit *Arrividerci, Hans, das war der letzte Tanz* hatte die Schlagerparty dann doch noch ein Ende gefunden, auch wenn dies die unermüdliche Tanzgemeinde nicht wahrhaben wollte: „Ou! Näää!" – „Schaad, schaad!" – „Zu-gab-e! Zu-ga-be! Zu-ga-be!"
Seine Großmutter war anschließend voll des Lobes: „Eian Soohn, des gibt mol de neie Fräd Aschdea!"
Sie sollte Unrecht behalten. Für den Tanztee war er seitdem für alle Zeiten verloren.

Als ihm vor einigen Wochen sein Hausarzt eröffnete hatte: „Hea, Günda, dei Haxe, doin Ronze, isch deed saare, du gheasch mol uff Kua!", war seine größte Sorge gewesen, er könnte in solchem Umfeld unverhofft in einen Ball der einsamen Herzen geraten. Dauerdrohung: Damenwahl.
Und so hatte er sich nach Rücksprache mit seiner Krankenkasse „Mia zahle nix. Höckschdens Schwefelbad!" für einen Aufenthalt an der See entschieden. Getreu der alten Weisheit *Wu klähne Kinna sin, sin kää Rendna.* Und umgekehrt.
Ein Irrtum, wie sich schon bei der Anreise gezeigt hatte.
Den Ausschlag für die Wahl des Ortes hatte eine beiläufige, bedauernde Bemerkung der gewissenhaften Mitarbeiterin im Reisebüro gegeben: „Oh, ich sehe gerade, das Kurhaus ist derzeit leider wegen Renovierung geschlossen."
„Subba. Des nämmisch!"

Doch während Kommissar Günda die Seeluft genießt, braut sich in der Sokodo Ungemach zusammen. ***De Weizc*** *wittert die Chance, sich dort breit zu machen und* ***de Tschief*** *kurzerhand auszubooten. Er nutzt die Abwesenheit des arglosen Assistenten Freese, der nicht ahnt, was er mit dem unwidersprochenen* ***Bärnt Aut*** *ermöglicht hat: eine handfeste Intrige Kornfelds über das Präsidium und eine feindliche Übernahme, ausgerechnet mit Hilfe der ebenfalls unbedarften Marion Helche, letztere nicht gerade ein Weizen-Fan.*

De Gomblodd[191]

„Kähna doo, in de Sokodoo?"
„Nää. Noch zu."
Axel Kornfeld verstand die Botschaft nicht. Oder wollte sie nicht verstehen.
„Mescht nix, dann waad isch ä Weil bei Ihne."
„Sie, isch hab bissl was zum du!" Marion Helche machte aus ihrem Unmut keinen Hehl.
„Un isch, isch gugg bissl zu. Klähna Witz, awwa net schlescht."
„Härr…"
„Kornnfeld, Axel Kornnfeld. Awwa Sie derfe aa gärnn Weize zu mia saare. Wie alle, die wu[192] misch kenne un liewe."
„Des fehlt mia grad", murmelte Marion Helche unverständlich vor sich hin. „Isch weeß awwa gaa net, wann do ebba kummt."
„Mescht mia nix. Is mia grad rescht. Folgendes…"
Er winkte sie heran. Marion Helche wich instinktiv zurück.
„Wejem Tschief."
„Was is mit demm?"

---

[191] *De Gomblodd* – der Komplott – gehört zu meinen Lieblingswörtern, wird hier doch überdeutlich, wie unnachahmlich weich wir noch so harte Fakten auszudrücken vermögen.

[192] Ein Zauberwort, dieses *wu* (wo), lässt es sich doch mit jedem Relativpronomen kombinieren: *dea wu, die wu, des wu.*

„Dea is jo net doo."
„Schweeß[193]."
„Wisse Sie aa, wu dea grad is?"
„An de Oschtsee. Glaawisch."
„Korräckt. Awwa wisse Sie aa warum?"
„Aholung…"
„So kammas aa saare. Awwa net bloß Aholung so nommaal wie du un wie isch. Dea hots aiig needisch."
„Bidde? Was hot dea needisch?"
„Unna uns, isch weeß net, ob de Freese schun mit Ihne gsproche hot."
„Waas?"
„Dann hodda des noch net. Dann hot dea sisch des noch net gedraut. Unna uns, unsan Tschief, dea hot Probblähme."
„Probblähme? Gsundheitlisch?"
„Doo voa allem."
Er deutete auf seinen Kopf.
„Im Deez. Dea dreht bissl ab, dea is so bissl, wie willischn saare, huitt im Härnnkaschde. Weesch, wie isch mähn?"
„Huitt? Wie huitt?"
„Isch saach bloß: Dä-bressione…"
„De Tschief?"
„Voll."
„Unsan Tschief? Des kannisch ma net voastelle."
„Wenn ischs Ihne saach. Awwa, pscht. Ea will net, dasses ähna weeß."
„Ähä."
Marion Helche geriet ins Grübeln.
„Wies aussieht, wärrisch eispringe misse."
„Wu eispringe?"
„A doo, in de Sokodo."
„Wea sacht des?"

[193] Ich weiß – ein Musterbeispiel Kurpfälzer Lautmalerei

„Die vun owwe bei uns. Weje warum, unna uns, de Freese hot misch drum gebeede."
„Mach Sache."
„Un des ia mia aiig aiig, des kenne Sie mia glaawe. De Tschief, des is soän kloore Kärll[194]."

Marion Helche wurde still. Sie machte sich Sorgen. Wenn an dieser Geschichte etwas dran war…
„Un de Freese?"
„A, isch nämm oo, dea muss jetz aa sehe, wua bleibt. Desdaweje hot dea misch jo kwassi oogfoddatt. Allää, do is dea jo uffgschmisse."
Das leuchtete Marion Helche ein. So engagiert Kommissar Gündas Assistent auch war, durch seine sprachlichen Probleme war er immer wieder auf Unterstützung angewiesen. Da war es vielleicht sogar ein Glück, dass dieser *Weize* so kurzfristig einspringen konnte.
„Soll isch Ihne vleischt hinne uffmache?"
„Wuä?"
„A, im Birroo."
Axel Kornfeld zierte sich, aber nur kurz: „Wenn Sie des fa rischdisch halde, willisch misch net weidas sperre."

Bei aller Anteilnahme, während des Gesprächs war Marion Helche doch nur bedingt bei der Sache gewesen. Zu sehr war sie gerade mit ihrem turbulenten Privatleben beschäftigt, das gerade unbedingt Handlung gebot. Eilig hängte sie an die Eingangstür ein Schild: *Wegen dringender Familienangelegenheiten heute Mittag geschlossen.*

Glücklicherweise waren fast alle Hausgäste abgereist, übrig blieb eine kleine Gruppe schottischer Motorradfahrer um die 50, die

[194] unübersetzbares, höchstes Lob für einen Mann

ohnehin am nächsten Tag in den Schwarzwald aufbrechen wollten. Denen erklärte sie, sie müsse kurzfristig außer Haus, und sie zeigte ihnen, wie man die Kaffeemaschine und den Zapfhahn bediente. *De Weize*, den sie den Männern gegenüber *de anna guest* nannte, dürfe hier sein, alle anderen hätten nichts im Haus verloren.
„Oukey? Andaständ?“
„No problem. Take care, sister!“

Wenig später erwartete Kommissar Günda am Mannheimer Hauptbahnhof eine Überraschung: Fritjof Freese holte ihn ab, er hatte sich tatsächlich gemerkt, wann sein Chef zurückkommen würde, und es sich nicht nehmen lassen, ihn zu empfangen. Kommissar Günda war gerührt: „Geh mol hea, loss disch mol drigge!“
„Gut sehen Sie aus, Tschief! Sie haben ja richtig Farbe bekommen! Steht Ihnen!“

Das allerdings war die letzte Äußerung, die sich mit dem Heimkehrer befasste. Anschließend redete Freese ununterbrochen auf seinen Chef ein, berichtete von einem aktuellen Fall, beklagte, mutmaßte und rätselte. An Kommissar Günda ging all das vorbei. Früher hätte er dem ausschweifenden Vortrag mit einem *Jetz sei mol bissl still, Freese, sei so guud!* Einhalt geboten, in seiner entspannten Verfassung jedoch ließ er alles über sich ergehen und an sich vorüberrauschen. Im Radio lief Tom Petty *Learning to fly*. Keine schlechte Idee.

So sehr war er in Gedanken versunken, dass er erst bei ihrer Ankunft auf dem Parkplatz vom Roten Ochsen bemerkte, dass ihn Freese nicht erst nach Hause, sondern gleich in die Sokodo brachte. Was immer das zu bedeuten hatte, er sah dem gelassen entgegen. Er machte sich gerade mit seinem Schlüssel an der Tür zu schaffen, als die von einem großen, schwarzgekleideten Mann

geöffnet wurde: „Hello, Sir! What's up?"
In der Rechten trug der Mann ein halbvolles Bierglas, hinter ihm erschienen weitere Männer ähnlichen Kalibers.
Kommissar Günda drehte sich zu seinem Assistenten.
„Klingt schottisch", sagte der ratlos. „Könnten Schotten sein."
„Sure, man. We are from Scotland."
Die Männer hinter ihm bestätigten das mit dröhnendem Lachen.
„What about you? Who are you?"
„Ai äm se Tschief do. De Scheff. De Kees, de King. Vastehsch? Andaständ?"
Fünf mittelalte, feist-fröhliche Gesichter blickten fragend durch den Türspalt.
„You must be wrong, my dear. Look over there: This is the Captain here!"
Sie deuteten allesamt in eine Richtung, in die sich Kommissar Günda nun drehte.
„Hä? Dea? De Weize? Was soll dea sei?"
Axel Kornfeld hatte die Szene betreten und gab sich betont selbstbewusst: „Ou, de Tschief! Aa mol widda im Lond?"
„Hea mol, du Sseftl, was meschen du do?"
„Isch? Schaffe."
„Schaffe? Waas?"
„A, fa die Sokodo."
„Fa mei Sokodo? Des wüssdisch awwa. So weit kummts noch."
„Ähna musses jo mache. Du waasch jo net do."
„Mooment, wea hot des gsacht, dass du do schaffe sollsch?"
„A alle. De Freese zum Beispiel…"
„Wie bidde? Was hosch du gsacht, Freese?"
„Das habe ich überhaupt nicht gesagt."
„Moomendemol!" Kornfeld wurde energisch. „Awwa wohl, Sie hawwe gsacht, isch soll misch kimmare."
„Ach so. Ja. Um die BTM-Sache!"
„Hä? Welli Bee Dee Ämm? Nää. Um die Sokodo. Weje warum, weil de Tschief hot doch de Bärnt Aut."

„Was hawwisch?"
„Des is jo aa gaa net schlimm weidas, des hawwe viele. Des mescht gaa nix, saare die im Brässidium un die vum Personalrat. Kannsch ruisch widda fortt in dei Reha. Äh, was annares, wann kummtn eigendlisch die anna widda, die klää schnuggelisch?"
„Hea mol, was hawwisch?"
„De Bärnt Aut."
„Wea sacht des? Wea hottn des uffgebrocht?"
„A, doin Assischdent."
Fritjof Freese fühlte sich zunehmend unbehaglich.
„Das habe ich so nicht gesagt. Ich habe nur gedacht, Sie waren in letzter Zeit so abgespannt…"
„Gedatscht. Genau. Sachs ruisch, wies is. Mei Redd. Klara Fall vun Bärnt Aut."
„Und Herr Weizen meinte eben…"

Weiter kam Freese nicht. Kommissar Günda griff sich das nächstbeste, halbvolle schottische Bierglas, ging auf Kornfeld zu und tat etwas, was überhaupt nicht seine Art war: Er kippte seinem selbsternannten Nachfolger das restliche Bier *iwwa de Ronze*.
„Mach, dass forttkummsch, Weize! Sunscht gewwisch da glei nochän Bärnt Aut hinnahea!"
Der Gebierte schien weniger schockiert als überrascht, blickte erst an sich herab, dann zu Kommissar Günda, drehte sich wortlos um und ging.

„What is he doing, man?", fragte einer der Schotten.
„We call it ***fabrunze***[195]", antwortete Kommissar Günda und konnte sich ein zufriedenes Grinsen nicht verkneifen.

---

[195] Ja, ganz recht, Sie haben die Bedeutung erkannt.

Wenn ich mich an einen neuen Krimi mache, ist der erste Satz ganz entscheidend. Muss ich umständlich an einer Formulierung feilen, dann weiß ich tief in meinem Inneren: Des gibt nix.
Da lohnt es sich, ein wenig Geduld aufzubringen und auf eine Eingebung zu warten. Plötzlich taucht sie auf, aus dem Nichts, und sofort sprudeln die Ideen, wie es weitergehen könnte, denn der erste Satz ist da, und er lautet:

Do kreische die Weiwa!

Sitzungspräsident Gernot Hafele wusste, wie man einen Saal auch zu fortgeschrittener Stunde zum Kochen brachte: „Hea! Stimmts? Oddahawwischrescht?“
Die Antwort fiel ebenso einhellig wie ohrenbetäubend aus: „Hajo!“
Und das, obwohl sie bereits gut fünf Stunden dauerte, die große Prunksitzung der *Glickerbacher Grunzer*. Keinerlei Ermüdungserscheinungen zeigten sich in der bis auf den letzten Platz gefüllten Mehrzweckhalle, sah man von einem einzelnen Herrn am dritten Tisch vorne links aus Bühnensicht ab. Dort waren gemäß einer ausgeklügelten Planung diverse Prominente platziert worden, Kommissar Günda erkannte Gemeinderäte, Apotheker, Pfarrer, Schulleiter sowie *derre Ihre*.
Er selbst hatte durchaus wohlwollend dem Abend beigewohnt, die Stimmung war ausgelassen und die Speisenauswahl ganz nach seinem Geschmack: Schnitzel oder Wurstsalat. In seinem Fall Schnitzel *und* Wurstsalat.
Nun jedoch beschlich ihn die Sehnsucht nach einem wohlverdienten Feierabend: *Slangt langsoom.*

Sein Nachbar zur Linken sah dies offenkundig und zu seiner Überraschung völlig anders. Spätestens als sich Freese der ersten Polonaise angeschlossen hatte, war Kommissar Günda sicher, an diesem Abend einen gewichtigen Beitrag zu dessen Integration zu leisten.

„Un jetzat! Seid ia bereit? Fa denn Höhepunkt vun derre Sitzung? Fa denn absolude Höhepunkt? Denn hawwe mia uns nadierlisch wie imma zum Schluss uffghoowe."
„Hajo!"
„Was glaabschn du?"
„Auf!"
„Isch kanns schia[196] nimmi heewe!"
Gernot Hafele kostete die Spannung bis zum Letzten aus: „Alla guud, donn saarisch bloß: Voahang uff fa die **Houli Haxe**! Do kreische die Weiwa! Awwa voll!"

Und so geschah es. Auch die Männer im Saal fielen gellend ein, als sich zaghaft und äußerst langsam ein nackter männlicher Fuß durch den immer noch geschlossenen schweren Vorhang schob, um alsbald den Blick auf eine kräftig behaarte Wade freizugeben. *You can leave your hat on*, gurgelte Joe Cocker unvermittelt und mit brachialer Lautstärke aus der Anlage. Und *de Haxe* schob sich in Zeitlupe weiter durch den Vorhang. Schon erschien das bloße Knie, Ansätze eines mächtigen Männeroberschenkels waren erkennbar. Nicht gerade ein Ausbund an Fitness, was aber niemanden zu stören schien.

Kommissar Günda erfasste eine Mischung aus Faszination – der männliche Körper hatte ihn noch nie interessiert, nicht einmal sein eigener –, Fassungslosigkeit und Furcht. Denn noch immer war kein Beinkleid in Sicht.
„Voahang uff! Voahang uff! Voahang uff!", skandierte die Halle. *Voahang zu!*, wollte Kommissar Günda am liebsten rufen, doch er wusste, er stand damit alleine, und ergab sich der übermächtigen Forderung aus dem Plenum, die weiter präzisiert wurde: „Eff Ga Gaa[197], Eff Ga Gaa!"

---

[196] fast
[197] FKK

Ein dumpfer Schlag ertönte, Joe Cocker wurde rüde unterbrochen, gleichzeitig verlosch das Licht. In der Halle wurde es binnen kurzem still.
Stromausfall, dachte Kommissar Günda nicht ohne Dankbarkeit.

Während sich die Augen mühsam an die veränderten Lichtverhältnisse anpassten, war plötzlich ein fast unheimliches Quietschen zu vernehmen, das Kommissar Günda erst nicht orten, dann nicht einordnen konnte. Er schaute sich um, darauf gefasst, etwas unternehmen zu müssen. Freese spürte etwas von der Beunruhigung, die seinen Chef ergriffen hatte, legte ihm die Hand auf den Unterarm und deutete mit der anderen in Richtung Bühne. Die war jetzt in rotes Licht getaucht, der Vorhang hatte sich geöffnet. Und da standen sie. Wie gemeißelt. Unwillkürlich zählte Kommissar Günda: Vierzehn behaarte Männerbeine, sieben Bademäntel – *Glick ghabt* – und sieben bereits jetzt puterrote Männerschädel. *Befoa dass des iwwahaupt oofängt? Bissl schwaches Bild*, monierte Kommissar Günda innerlich, musste aber sogleich Abbitte leisten, als er erkannte, was den Männern bereits derart zugesetzt hatte. Sie trugen allesamt Badekappen. Solche, wie sie die Frauen in den Sechzigern bevorzugt hatten, seltsam verziert mit erschlafften Gummiröschen.
Und sie saßen eng, diese Badekappen, sehr eng.

Tina Turner sang nun *Simply the Best* und – er hatte es kommen sehen – die Bademäntel fielen. Unwillkürlich senkte Kommissar Günda den Blick, doch es war zu spät. Das Bild der sieben Männer in Bikinis hatte sich schon auf seiner Netzhaut eingebrannt. Ein Musikfetzen löste den anderen ab, manches verstand er: *Sex Bomb*, *I'm too sexy*, *Yes Sir, I can boogie*, manches gab ihm Rätsel auf: *Rock mie heit Nacht*? Das klang nicht gerade

nach B. B. King, *noch net mol noochem Kässidies Däifitt*[198]. Und dann schrie noch jemand *How much issn Fisch? – Kää Ahnung. Wuhea soll ischn des wisse?*
Die ganze Zeit über gaben die Männer auf der Bühne alles: Kniebeugen, Liegestütz – *halwa!* –, Spagat – *än Väddelze*[199]. Währenddessen purzelten zur Freude der Zuschauer Apfelsinen, Pampelmusen und sogar eine Melone aus den Oberteilen.

„Zugabe! Zugabe! Zugabe!“, forderte das Publikum, als abrupt die Musik erstarb.
„Obacht, jetzt kummt des beschde“, brüllte ihm sein Gegenüber zu. Der Mann hatte wohl seherische Fähigkeiten. Oder Insiderkenntnisse. Jedenfalls hatte er aus Kommissar Gündas Sicht nicht unbedingt recht, denn aus den Lautprechern erscholl *The time of my life.*
Dirty Dancing? Das kam einer Vorwarnung gleich. Und richtig, die Männer traten ein, zwei Schritte zurück, der kräftigste ging nach links, der schmächtigste nach rechts.
A nää, bidde net!, dachte Kommissar Günda, als er sah, wie der Mann zur Linken sich aufpumpte. Ähnlich dem Fußballer, dessen Namen er sich nicht merken konnte. Während der Mann zur Rechten theatralisch um Gnade flehte.
„Roina[200]! Roina! Roina!“
Der Angefeuerte federte kurz und wollte offensichtlich jeden Moment losstürzen. Plötzlich riss er seinen Mund auf, griff sich an die Brust, torkelte noch Richtung Bühnenrampe und sank wie in Zeitlupe rücklings zu Boden.
„Braffoo!“
„Zugabe!“
Der Vorhang wurde geschlossen.

---

[198] David Cassidy
[199] Viertel
[200] Rainer

„Hawwisch eisch zu viel vasproche? Sie hawwe sisch widda mol iwwadroffe, unsa Männas vum Männaballett. Nochmol än donnande Applaus fa die Houli Haxe! Un bsunnas fa unsan Roina! Kummt noch was?“ Gernot Hafele schien kurz verunsichert. „Isch glaabs net. Wahrscheinz sin sie fäddisch wie än Reddisch[201], die Sseggl. Die wärre jo aa net jinga. Leit, des waa sie, unsa Brunksitzung, die ärscht. Isch bedange misch bei allene, die wu mitgholfe hawwe. Mia feiare noch bissl, bleibt ruisch hogge.“

Kommissar Günda sah sich um: Alle strahlten begeistert. Kein Zweifel, die Veranstaltung war ein voller Erfolg. Nur ihn beschlich ein ungutes Gefühl.

---

[201] fertig wie ein Rettich – ich ahne, das haben Sie mit Verwunderung auch so verstanden. Ja, das ist eines dieser Bilder, wie sie nur der Dialekt hervorbringt. Mir fällt bei der Gelegenheit ein weiteres ein: *Do wärdd jo de Goldfisch im Glas ronzisch.*

Falls Sie sich wundern, dass Kommissar Günda überhaupt eine Prunksitzung besucht – die Musik dort ist für den eingefleischten Rock-Fan gewiss nicht verlockend. Dies geschieht beileibe nicht nur aus strategischen Gründen für die allgemeine Akzeptanz der Sokodo in Glickerbach. Zum einen hat er eine große, grundsätzliche Sympathie gegenüber diesem harmlosen Vergnügen, das die vielen Ehrenamtlichen das ganze Jahr über vorbereiten. Zum anderen ist er selbst in jungen Jahren in der Fasnacht ausgezeichnet worden. Wenn auch unfreiwillig.

Fräsche Fräschl[202]

So nannten sich die Fasnachts-Aktivisten in Kommissar Gündas Heimatort. Deren Schlachtruf war, wer hätte das geahnt, ein zweimaliges Quaken. Zur Begrüßung, zum Abschied, aber auch als Beifallsbekundung für jede Pointe bei Büttenreden und für die zahllosen Tanzgarden. Bis hin zum Männerballett, das seinerseits stets in Froschkostümen die Bühne betrat. Mit neongrünem Ganzkörperanzug, in dem sich jede einzelne Kontur, jede Wölbung jahresringgleich abzeichnete.

Quaak! Quaak!, erscholl es vielstimmig, wenn die Männer die Bühne betraten. *Quaak! Quaak!*, giggelte darauf das verbliebene, vorwiegend weibliche Publikum. Denn die Teilnahme am Froschballett war für die Männer Ehrensache.

Ein einziges Mal hatte tatsächlich auch Kommissar Günda daran teilgenommen. Er hatte sich zu dieser Zeit zwar schon längst nach Mannheim und Heidelberg orientiert, durchstreifte mit seiner *Huddl* die gesamte Umgebung und war Stammgast in der Glickerbacher Diskothek *Heaven*. Doch eine unglücklich verlaufene Liebesgeschichte hatte ihn dermaßen aus der Bahn geworfen, dass er sich hatte breitschlagen lassen, zu den Klängen von Hot Butter und *Popcorn* über die Bühne zu hampeln. Wenn schon tot, dann richtig, hatte er damals gedacht.

---

[202] Freche Frösche

Er war der mit Abstand traurigste Frosch gewesen, den diese Turnhalle je gesehen hatte, dessen war er sich sicher. Wann immer seine Froschkollegen die Arme hoben – und sie hoben sie ohne Unterlass –, blieben seine bleiern nach unten gerichtet. Nicht aus Protest, aus Verlorenheit. Und als beim großen Finale der ganze Froschchor *Quaak! Quaak!* brüllte, verpasste er den Einsatz und doppelte einsam und in seinen Ohren unendlich kläglich nach: *Quaak … quaak.*

Was im Publikum für Begeisterungsstürme sorgte, weil man an eine raffinierte Inszenierung glaubte, und man ließ ihm darauf die größte Ehre des Abends zuteilwerden. Nach kurzer Beratung schlug ihn der Elferrat zum Froschkönig der Kampagne vor, eine Wahl, die das Publikum per Akklamation geradezu frenetisch bestätigte.
Anschließend wollten es sich einige Damen nicht nehmen lassen, ihren Froschkönig zu küssen. Nicht auf die Wange, wie er anfangs hoffte.
„Uffs Geschl[203] nadierlisch. Was glaabschn du, Günda?“

Immerhin durfte er seine Kusspartnerin bestimmen. Seine Wahl fiel auf Christine. Denn die war die einzige Kandidatin unter 50. Aus damaliger Sicht. Wahrscheinlich waren die meisten Frauen gerade mal Anfang 30, aber wie soll das ein Sechzehnjähriger beurteilen, dem sich plötzlich und unerwartet zwei Dutzend Kussmünder entgegenrecken. Zumal, wenn dies die erste Berührung weiblicher Lippen sein sollte, von den *batschnasse Schmatza* der Verwandtschaft einmal abgesehen.

Von Christine wusste er, dass sie in der Parallelklasse war. Womit er nicht rechnen konnte, was ihn geradezu erschütterte, war, dass sie nach Erdbeeren schmeckte. Anfang Februar.

---

[203] Mündchen

Christine hatte ihn in diesem Augenblick kuriert, ja gerettet. Noch oft suchte er in den Wochen darauf mit ihr den Geschmack jenes Abends, doch er blieb verschwunden. Irgendwann kamen sie überein, die Nachforschungen einzustellen. Ohne Groll, ohne Scham, ohne Schmerz. Einmütig hatten sie erkannt, dass sie nicht einander geküsst hatten, sondern den Moment.

Zurück zur jüngsten Prunksitzung. Der auf der Bühne zusammengebrochene Tänzer ist tot. Als sie der Witwe eröffnen, die Beerdigung könne nicht so bald erfolgen, man brauche die Leiche ihres Mannes noch, werden die Ermittler von ihr angeraunzt: „Wie bidde? Organspende? Was wolle Sie vun demm nämme? De Ronze?"

Die Obduktion ergibt, dass Kommissar Günda mit seinem Gespür richtig liegt. Der Tod ist Folge einer Herzschwäche. Der Mann hat ein wichtiges Medikament nicht eingenommen, dafür finden sich in seinem Blut Spuren eines Aufputschmittels. Freunde und Kollegen weisen die Möglichkeit weit von sich, dass der Tänzer sich bewusst gedopt hat. Was für Kommissar Günda den Gedanken eines Fremdverschuldens nährt. Er schickt seinen Assistenten ein weiteres Mal zur Witwe.

Hemma, selbschtreinigend

Dass er nicht zu den bevorzugten Gästen gehörte, ließ sich für Freese daran ablesen, dass ihm nichts angeboten wurde. Er war darüber nicht böse. Babette Funke dagegen griff zur Flasche. „Selwa gebronnt vun moim Schwoora[204]. Alla! Uff Moina! Denn Sseggl. Un fortt mit!"

„Frau Funke, Ihr Mann musste Medikamente nehmen."
„Wejem Härzz. Bekonnt. Waas des?"
„Wissen Sie, ob er am Samstag seine Tabletten genommen hat?"
„Isch geh defu aus."
„Aha. Aber sicher sind Sie sich nicht."
„Sie! Isch saach Ihne jetz mol was. Mia sin jetz zamme ball värzzisch Joa. Isch mach demm des Frihstick, des Middagesse, des Nachtesse. Isch wasch demm sei Sach, biggl denn gonze Kroom. Isch leg demm des Zeigs raus, wassa ooziehe soll, isch

[204] Selbst gebrannt vom Schwager. Hier rein informatorisch, nicht etwa werblich gemeint.

holl demm sei Arzznei in de Abdeeg. Heed isch denn aa noch mit de Tabledde fiedare solle? Wolle Sie etwa saare, isch bin schuld? A, so weit kummts noch!“

„Nein, nein.“

Babette Funke funkelte ihn mit zornigen Augen an: „Isch weeß net, wie des bei Ihne is. Hawwe Sie ähni, die wu so dabbisch is un des alles mescht fa Sie?“

Freese wurde es ein wenig unbehaglich.

„Allo, wie siehtsn aus bei Ihne? Wea meschtn des alles fa Sie, beispielsweis Ia Hemma[205]?“

„Nun… Also die Hämmer macht eigentlich keiner.“

„Wie?“ Babette Funke sah ihn verständnislos an: „Un wenn die dregget sin?“

„Schmutzig?“

„Gönau.“

„Schmutzig in dem Sinne werden die ja nicht.“

Keimte zu Beginn des Gesprächs in Freese ein leicht schlechtes Gewissen auf, weil er in haushälterischer Hinsicht die Dienste seiner Mutter in Anspruch nahm – wohlbemerkt auf deren ausdrücklichen Wunsch und was diese Frau Funke nichts, aber auch gar nichts anging –, so fühlte er sich zunehmend im Recht. Das hier, penibel umsorgte Hämmer im Haushalt, das hatte mit Reinlichkeit nichts mehr zu tun.

„Indressant“, ätzte Babette Funke. „Do hawwe Sie jo Glick! Hemma, selbschtreinigend. Awwa do sin Sie die Ausnoohm. Bei uns wärre die schun als schmutzisch, die Hemma.“

„Gut, ein bisschen vielleicht.“

„Die misse imma tiptop sei, des is doch klaa. Sunscht kumme die glei in die Weschmaschin.“

„In die Waschmaschine?“

„Soffortt.“

„Die Hämmer?“ Freese blickte ungläubig.

---

[205] Hemden

„Donn wärre sie uffghängt un gebigglt."
„Faszinierend", bekannte Freese.
„Grad ausnahmsweis, wenn isch mol aiig viel Ärwet hab, dann kumme die in die Reinischung."

Es gab hier Spezialreinigungen für Werkzeuge? Wahrhaft, ein seltsames Völkchen, diese Glickerbacher.
Freese hoffte, das Thema hätte sich nun erledigt. Weit gefehlt. Babette Funke hakte unerbittlich nach.
„Wie mache Sie des mit denne Hemma, die wu sisch selwa reinische? Wenns donn mol tatsäschlisch doch zu aiig is mim Dreck?"
„Also wenn das wirklich mal nötig ist, hilft da ein bisschen Schmirgelpapier, vielleicht eine Stahlbürste."
„Fa die Hemma? Deafdisch Sie mol froore, hawwe Sie ähni?"
„Ob ich eine Frau habe. Äh, immer mal wieder."
„Des wunnat misch net. Isch garandia Ihne mol was: Do bleibt kähni long."

Dieser Fall in der Fasnachtsszene scheint vertrackt, nicht umsonst ist der Titel **Mord beim Männerballett?** *mit einem Fragezeichen versehen.*

Wenn die Beweislage aussichtslos erscheint, nutze ich gerne die Möglichkeit, bewährte Kräfte einzubinden, die mit unverhofften Hinweisen aufwarten. Die Sachdienlichkeit der Äußerungen steht dabei nicht immer im Vordergrund.

Und da sind sie also wieder, die drei Alten, von nun an:

De Ää[206], de Anna[207] un de Härddschd[208]

„Sie?!"
Freese, der gerade zur Sokodo ging, ahnte, dass ihm der unvermittelte Zuruf galt. Er erwog kurz, ein wenig erzieherisch zu wirken und seinen Weg unbeirrt fortzusetzen, entschied sich dann jedoch dagegen. Mit bestimmten Verhaltensweisen der Glickerbacher hatte man wohl einfach zu leben. Dazu gehörte dieses aus dem Nichts in die Landschaft geblökte *Sie?!* – ohne Vorwarnung, ohne Blickkontakt, ohne Höflichkeit, einfach ohne alles. Aber es verfing, das musste man ihnen lassen.
„Ja, bitte?"
Er drehte sich in Richtung des Rufers. Unweit des Rathauses, am Rand der von Bäumen gesäumten Straße saßen drei ältere Männer auf einer Bank. Wenn ihn nicht alles täuschte, nicht zum ersten Mal. Vermutlich ihr Stammplatz. Ein Bild trauter Eintracht. Wer von ihnen gerufen hatte, das ließ sich nur mutmaßen. Sekunden vergingen, ehe der in der Mitte Sitzende anhob: „Gehe Sie mol hea!"
Er winkte ihn heran, Freese tat wie ihm geheißen, nicht ohne

206 Der Eine
207 der Andere
208 Das verrate ich Ihnen noch nicht.

Belustigung und gespannt, was ihn erwartete. Jedenfalls nichts von Belang.
„Isch kenn Sie“, sagte der Linke.
„Aha.“
„Isch aa“, ergänzte der Mittlere.
„Sieh an.“
„Isch net“, meinte der Rechte.
Ja, und?, lag es ihm auf der Zunge? *Ist das ein Grund, mir quer über die Straße hinterherzuschreien? Nein. Geschenkt.* Stattdessen begnügte er sich mit einem konzilianten: „Das ist gut möglich, ich bin bei der Polizei.“
„Ähä. Hea mol, sin Sie net bei de Bollezei?“
„Isch glaab aa.“
„Awwa ma weeßes als net.“

Freese schloss die Augen. Es hatte Zeiten gegeben, da war der Schutzmann, der durch die Stadt patrouillierte, eine Respektsperson gewesen. Und sollte jemand daran Zweifel gehabt haben, so hatte ein vielsagender Griff an den Knüppel genügt, die zu zerstreuen. Ein wenig sehnte er sich in diesem Moment nach diesen Zeiten.
„Unnä?“, fragte der eine.
„Ja?“
„Was mache Sien doo?“, ergänzte der andere.
Der Dritte schwieg lauernd.

Erwartete man nun von ihm einen vollständigen Bericht? Gehörte das auch noch zu seinen Aufgaben? Ältere Herren bei Laune zu halten?
„Ich arbeite“, antwortete er kurz und knapp in der Hoffnung, damit das Gespräch beenden zu können.
„Fa waas?“
„A, wahrscheinz wejem Roina.“
„Denn hots doch vawischt. Beim Donze.“

Freese sah keine Veranlassung, der Mutmaßung zu widersprechen. Vielleicht würde das seine schwindende Autorität wiederherstellen.
„Isch saach Ihne jetz mol was. Die Männas heit, die hawwe jo nix mea druff. Mia ware noch Kärll. Wenn mia gedonzt hawwe bei de Houli Haxe, do hot die Hall gebebt. Mia ware die *Schdouns*[209]. Die, des sin höckschdens die *Bäi Ziddie Roulas*[210]."
„Gönau. Alles Labbeduddl. De Roina, dea waa jo noch de Beschde vun denne."
„Do sachsch du was."
„Schön. Das war sehr interessant, aber ich muss jetzt weiter. Ahla gudd, wie es hier so schön heißt."
„Mooment", sagte der eine. „Zum Beispiel wie mia des Moddo ghabt hawwe *Aloahee*. Süidsee. Alda Schlabbe! Gedenkt eisch des noch?"
„Un wie!"
„Du im Damaschtrock. Do sin die Meedlin jo schia ausgflippt."
„Die leewe jo heit noch vun unsam Ruuf. Unsa Immätsch[211], des strahlt als noch. Dodefu broffediere[212] die nadierlisch."
„Un do sin mansche aiig neidisch druff."
„Ach ja? Wer zum Beispiel?"
„A, die driwwe, die Sseggl. Die vun Fußheim."
„Ach." Freese spitzte die Ohren. Genau einen solchen Hinweis hatte er sich erhofft.
„Die hawwe doch aa ä Männaballett."
„Un was fa schleschdes."
„Voll die Amadea[213]."
„Die mähne, sie ziehe grad soä Titii oo, un des langt. Null

---

[209] Gemeint sind die Rolling Stones
[210] Bay City Rollers
[211] Image
[212] profitieren – ein schönes Beispiel, wie ein Fremdwort ohne Verlust an Sprachfluss integriert werden kann.
[213] Amateure

Korreoo[214]! Null Korreoo! Null Korreoo!“
„Wennischa wie null!“
„Ach ja? In Fußheim gibt es also auch ein Männerballett?“
„Wolle Sie wisse, wie die heeße?“
„Hei-ßön.“
„Hä?“
„Auf, frog mol misch![215]“
„Na schön, wie heißt denn das Fußheimer Männerballett?“
„Des sin die Fußheima Fuddla[216].“
„Aha. Da gibt es also auf jeden Fall eine Konkurrenz.“
„Awwa mia ware zuärscht doo. Des sin so alde Fußballa, vun de Seniore. Alles noochgemacht hawwe die uns.“
„Und inwiefern gibt es da eine Konkurrenz? Beobachtet man sich?“
„Nää.“
„Nie.“
„Fa waas?“
„Brauchisch net. Isch weeß, was die druff hawwe. Nix.“
„Die deede mia drei heit noch nass mache.“
„Die Meedlin wolle als noch mei Haxe sehe. Schätze Sie mol, wie alt isch bin?“

Freese zögerte, eine Antwort wollte gut überlegt sein. Wenn ein Senior es darauf anlegte, altersmäßig taxiert zu werden, dann empfahl es sich, hoch zu greifen: „85?“
„Wie bidde? Fimfeachzisch? Isch geb da glei sechseachzisch!“

Die beiden anderen Alten amüsierten sich prächtig.
Freese hingegen war daran gelegen, beim Thema zu bleiben.

---

214 Insider-Abkürzung für Choreographie
215 Man beachte die Satzstellung: Der Sprecher richtet so gleichsam einen Spot auf sich. *Frog misch mol!* hätte nicht annähernd diese Wirkung.
216 kaum vom Ball zu trennender Dribbler

„Aber wenn man doch nur voneinander weiß und nichts voneinander hält, wieso sollten die Fußheimer etwas dagegen haben, dass die Glickerbacher weiter auftreten?“
„A, weje de Tschennie.“
„Die Drähnariin.“
„Die wollde die aa hawwe.“
„Awwa do sin unsa Buuwe mol schnella gewest.“
„De Roina, dea hot die zu uns ghollt.“
„Des hawwe die bis heit net vawunne.“
„Vielen Dank, meine Herren, das waren wichtige Hinweise, denen ich gleich nachgehen werde.“
„Moomendemool!“
„Jetz wolle Sie bstimmt noch die Noome.“
„Nomen?“
Derlei sprachliche Finessen hatte Freese an dieser Stelle nicht erwartet.
„Ach, lassen Sie mal, Grammatik interessiert mich im Moment nicht so sehr. Aber ich komme auf das Nomen zurück. Ganz bestimmt. Ich brenne schon darauf.“
„Net *des* Noome, *de* Noome.“
„Imma schää uffbasse mit denne Adiggl.“
„Die Na-ha-men vun uns.“
„Namen? Ach so, ja, von mir aus. Wie heißen Sie denn?“
„Isch bin de Ää.“
„Isch bin de Anna.“
„Un isch, isch bin de Härddschd[217].“

---

[217] Na, sind Sie darauf gekommen, was das wohl bedeuten mag? Richtig: *der Härteste*. Synonym übrigens: *de Härddling*.

Ich gebe zu, ich brauche für meine Geschichten ein Happy-End. Selbst wenn es manchmal erst im nächsten Krimi dazu kommt. Das gilt auch und gerade für Nebenstränge. Noch schwelt, wie wir wissen, der Konflikt zwischen Kommissar Günda und Axel Kornfeld. Das kann ich so nicht stehen lassen. Den ersten Schritt muss natürlich derjenige tun, der das Ungemach begonnen hat.

Simma widda guud?[218]

„Äh… Bisch du des, Weize?"
„Hawwisch misch bletzlisch so va-ännat, Tschief?"
„Nänää, du siehsch bloß so…"
„Gedatscht, sachs narre. Gedatscht, so seh isch aus, un so fihl isch misch aa. Isch weeß des jo selwa, isch mach mia nix voa. Unn? Wie wäas?"
„Woomit?"
„Simma widda guud?"

Kommissar Günda zögerte erst und gab sich dann einen Ruck.
„Alla guud, du Sseggl, hogg disch!"
Entgegen seinen sonstigen Gewohnheiten schaute sich Axel Kornfeld nicht neugierig um. Stattdessen senkte er reumütig den Blick: „Dud ma leid, die Sach dorttmols", begann er, während er sich mühte, seine Leibesfülle auf Freeses Stuhl unterzubringen.
Mia net, lag es Kommissar Günda auf der Zunge, aber er verbiss sich die Replik. Sein Blick blieb auf einem fingerabdruckgroßen Fleck direkt unter Kornfelds Hemdkragen hängen. *Körrieworscht*, tippte er. Er schaute an ihm herab und landete an einer Stelle, an der dem Hemd ein Knopf fehlte. Dort quoll dafür das auch nicht mehr ganz blütenweiße Unterhemd hervor. Nun war dieser Mann von der Spurensicherung ohnehin nicht gerade bekannt für sein Modebewusstsein, aber derart ungepflegt hatte

218 Sind wir wieder gut? Auf Hochdeutsch weit weniger vielversprechend.

er ihn bislang noch nicht gesehen.
„Isch wollt doch grad helfe."
„Wemm?"
„A, dia. Eisch. Demm gonze Lade. Isch bin so, du kennsch misch."
Alladings, dachte Kommissar Günda.
„Un isch hab halt gedenkt…"
„Isch heed de Bärnt Aut, isch weeß."
„Gönau. Un donn mussisch nadierlisch glei mol helfe, ich kann net annaschda, so binnisch halt. Des is bei mia im Blut."
Eine Blutprobe könnte gerade nicht unheikel sein, dachte Kommissar Günda, denn er meinte, eine leichte Alkoholfahne wahrzunehmen. Über den Schreibtisch hinweg. Um diese Uhrzeit selbst für Kornfeld *bissl aiig*.
„Isch vasteh des, dass du disch geäiigat hosch. Dass du gegrängt waasch. Du hosch des halt falsch vastanne, du hosch gedenkt, isch will disch vadränge do un hosch disch uffgeregt un mia des Bierle deshalb iwwa de Ronze gekippt. Wahrscheinz dud dia des alles genauso leid wie mia."
„Hmpf."
„Stimmts?"
„Ach Gott…"
„Desdaweje, Tschief: Simma widda guud?"
„Vun mia aus. Auf, Weize, geb ma Batschhand!"
Er streckte die Rechte über den Schreibtisch, Axel Kornfeld mühte sich, ihm mit seiner entgegen zu kommen, was erst gelang, als er sich ganz aus dem Stuhl geschält hatte. Ächzend ließ er sich wieder zurückfallen.
Nun hoffte Kommissar Günda auf ein Ende des Besuchs, doch zu seinem Leidwesen schien sich Kornfeld häuslich niederlassen zu wollen.
„Un sunscht? Irgendwas Neies?", setzte er an und bereute es sogleich. „Nix weidas, odda?"
Axel Kornfeld wiegte schwer den Kopf: „De Freese hots dia

bstimmt schun vazehlt. Moini, die hot misch valosse."
„Hm."
De Weize sackte regelrecht in sich zusammen und blinzelte verstärkt. Kommissar Günda wollte dessen Reaktion überspielen, auf dass der sich wieder fange: „Issie fortt?"
Nicht besonders originell, das wusste er.
„Nää. Awwa isch. Isch bin fortt. Sie will misch nimmi sehe."
Noch vor wenigen Momenten hätte Kommissar Günda dafür größtes Verständnis gehabt. Jetzt musste er zugeben, *dea dauat misch*[219] *schun so bissl, dea Kärll.*
„Seit wonnen des?"
„Letscht Woch."
„Äfach so?"
„Gönau. Isch vasteh des gaa net. Swaa alles wie imma, un uff ähmol."
„Äh, was annares. Hosch du iwwahaupt schun was gesse heit?"
Ablenkung tat Not.
„Nää. Isch bring nix nunna."
Das war nun wirklich kein gutes Zeichen.
„Hoiisch, Weize, isch deed saare, du mesch fa heit Feiaoowett, du gehsch bissl spaziere, an die frisch Luft, des bringt disch uff annare Gedange. Un des mescht aa bissl Hunga. Wie wäas?"
„Vleischt hosch du rescht, Tschief. Snitzt jo nix."
Kornfeld schien stabiler, doch an der Eingangstreppe zum Roten Ochsen hielt er inne, lehnte unvermittelt seinen Kopf an Kommissar Gündas Schulter und begann, hemmungslos zu schluchzen. Der wusste nicht, wie ihm geschah, und nahm ihn etwas linkisch in den Arm: „Des wärdd widda, isch vaspreschl dia des."
„Mähnsch, Tschief?"
„Hajo. Isch kenn misch aus mit de Fraue."
Da musste selbst der Untröstliche lachen.

---

219 der tut mir leid

Es folgt ein kurzer Ausflug in das Genre ***Road-Movie****. Kommissar Günda ist kurzzeitig außer Gefecht, wacht in einem merkwürdigen Gefährt auf und fürchtet, er wird verschleppt. Keine Sorge, es handelt sich um einen unverhofften Ausflug im Wohnmobil, genauer: im Weizen-Mobil.*
Für den Blackout (nicht Bärnt Aut, wohlgemerkt), wartet Axel Kornfeld mit einer einfachen Erklärung auf: „Mia hawwe bissl gekifft." – „Mia hawwe was???"
Tatsächlich findet sich der strikte Drogenabstinenzler Kommissar Günda aus für ihn unerfindlichen Gründen am Gardasee wieder. Sein Fahrer und Verführer ist zufrieden und stolz: „Gell, do glotsch! In ähm duaschgfahre. Bloß ähmol rabble[220]."

Kornfeld hat dort sein zweites Zuhause, dort macht er regelmäßig

Gämbing[221]

Bleibt für den Kommissar die bange Frage nach der nahen Zukunft.
„Äh, Weize, isch heedemol gärnn ä Frooch: Wie issn des mim Iwwanachde?"
„Kää Probblähm. Isch hab jo jetz Blatz im Audo."
„Äh… Wuä?"
„Hinnä. Du bisch doch schun drin gleje. Isch glabb[222] de Disch um, donn hawwe mia ä schäänes Dobblbett."
„Subba."
„Kenne ma noch bissl babble."
„Obdimal."
„Gell?"

Und so kam es denn auch. Kornfeld wirkte deutlich gefestigter und zu Kommissar Gündas Leidwesen überhaupt nicht müde.

[220] pinkeln
[221] Camping
[222] klappe

Das von ihm als Hoffnungsschimmer entdeckte *Gräwele*[223] im Doppelbett entpuppte sich beim Aufbau der Schlafstatt als kaum erkennbare, geschweige denn grenztaugliche Furche. „Des hawwe mia gewollt dorttmols", erklärte Kornfeld unaufgefordert. „Nix zwische uns. Wenn als die Leit vazehle, sie schloofe gedrennt, des kannisch gaa net vastehe."
Isch schun, dachte Kommissar Günda.
„De Glaus beispielsweis mit seinare Ingrid, die mache des so. Du weesch, die wu sisch mol fascht gedrennt hawwe."
„Aa, die", erwiderte Kommissar Günda allenfalls ahnungsvoll, aber artig.
„Die hawwe irgendwonn soggaa ä zweddes Woohnmobil heagebrocht."

Dabei könnte man es zumindest für diese Nacht auch gerne belassen, wünschte sich Kommissar Günda, doch für Kornfeld gab es damit die ideale Basis, ihm nun alles über den nichtigen Anlass der Trennung anzuvertrauen: „Folgendes…"
„Äh… Weize… Des kannsch du mia annamol vazehle."
„Nänää. Des muss raus. Ärschda bissl Mussisch…. Des is die Kassett vun meinare Rossie. Isch spiel da glei mol derre ia Lieblingslied. Moment… Des isses!"
„Wea issn des?"
„Kennsch die net? Andrea Beag. Des hot sie mia aa mol zum Geborddsdaag gwunsche."
„Wuä?"
„A, beim Raddio. Do kamma sisch doch als was winsche."
„Isch kenns", stöhnte Kommissar Günda leise, der mit Wunschsendungen im Radio so seine Erfahrungen gemacht hatte. „Ärschda winsche losse un dann spiele sies net. Weils zu guud is. Bloß Schdäaweeh tu heffn[224], un des aa bloß zwee Mol im Joa."

---

223 Bettritze

224 Stairway to heaven

„Un des Beschde waa, mei Rossie, die hot ma heere kenne, die hot bei denne uff de Aaa Bee gsproche."
„Uff was?"
„De Ooruffbeantwordda."
„A, sachs doch glei."
„Dann hot sie zu mia on meim Geborddsdaag gsacht *Soot, mei Regglsche!* Regglsche. Schää, gell? Des is unsa Geheimnis. Alle annare saare Weize, awwa sie sacht zu mia Regglsche. In gonz bsunnare Momende. Wenn du vastehsch, was isch mähn."
„Isch wills gaa net wisse, Weize."
„Uff jedn Fall hot sie gsacht, isch soll misch voas Raddio hogge, do deed was kumme fa misch. Un donn hawwe die im Raddio gsacht, jetz käm de näckschde Wunsch, un dea wea vun de Rossie vun Kruhne[225]. Un donn, du werschs net glaawe, donn is mei Rossie kumme. Im Raddio! Gonz passööhnlisch hot sie gsacht *Isch wünsche mia fa mei Regglsche zum Geborddsdaag vun de Andrea Beag* **Du hast misch tausend Mal belogen**. Isch kann da saare, do waa isch gonz schää griat[226]. Awwa des is aa rum heit, des deed die nimmi mache fa misch."
Odda grad, kam es Kommissar Günda in den Sinn.
„Un willsch wisse wissoä?"
Net ubedingt, lag es Kommissar Günda auf der Zunge.
„Folgendes: Mia hawwe gesse zamme. Wie imma. Sacht sie uff ähmol: *Hea, du keentsch aa mol rischdisch uffesse!*
Hawwisch gsacht: *Hä? Wie mähnschen du des?*
Sacht sie zu mia: *A, du lesch doch imma was iwwarisch. Mol ä Gadoffl. Mol ä Stiggl vum Kohlrabbi, ä Äabs, zwee Garodde. Bloß des Flaasch[227], des isch imma gonz.*
Sicksch, hawwisch gsacht. *Weil mias schmeckt.*
Hä? Schmeckt dia des annare vleischt net?

---

[225] Kronau

[226] gerührt

[227] Fleisch

Doch, hawwisch gesacht.
Aaba?
Nix.
Un wisso lesch du donn imma was iwwarisch?
Isch hab des mol gelärnnt in de Schul, saarisch. *Wemma heeeflisch is, donn kratzt ma sein Della net ab. Donn lässt ma imma bissl was iwwarisch.*
Wahrscheinz, dass isch mähna zum schaffe hab mim Abwasch. Donge!
Alla guud, saarisch. *Weje mia schleck isch denn Della halt aa noch ab.*
Druff die: *Weje mia musch du gaa nix. Weesch warum? Weil mia uns drenne. Mia langts. Ab soffortt kannsch du so esse, wie du willsch. Fa imma!*
Isch mähn, stell da des mol voa: Mia drenne uns weje zwee Garodde. Des derfsch du kähm vazehle! Wenn mia uns scheide losse, frägt misch de Rischda: *Wisso?* Saarisch demm: *Härr Rischda, weje zwee Garodde!*
Dea langt sisch doch an de Kopp. Dea sacht doch: *Hea, ia zwee misst zua Strafe än gonze Duddesack voll Garodde fresse.* Deedisch mache. Awwa des nitzt aa nix mea. Isch bin donn, isch gebs zu, aa bissl laut worre. Un am Schluss hawwisch gsacht: *Weesch was, Rossie? Isch glaab, es is bessa, isch geh!*
Un mähnsch du, die heed gsacht *Nää! Bidde! Geh net!*
Nix. Do waadisch heit noch. Isch sach da ähns, wenn Meini fortt wäa, isch heed die Bollezei ghollt! Isch heed die gsucht, iwweraal! Isch heed wahrscheinz soggaa disch eigschaldet, Günda!“
„Hä? Is was bassiat?“
Kommissar Günda hatte seinen Namen vernommen und war erschrocken. Er war kurz sanft eingeschlummert und hatte zunächst Mühe, sich zu vergegenwärtigen, wo er überhaupt war. Dann fiel es ihm wieder ein.
„Vleischt stehe mei Sache schun draus voam Haus fa de Sperrmüll.“
„Des kannisch ma net voastelle.“ Kommissar Günda suchte

dringend einen versöhnlichen Schluss: „A wa! Dei Rossie, die denkt bstimmt *Moin Weize, dea hot än Hals un muss sich bissl abreagiere*. Isch kann ma voastelle, dass die mogge do ufftaucht."
„Doo? Bei uns? Am Gaddasee?"
„Gönau. Un donn wäas guud, wenn du ausgschloofe wäasch, Weize. Frisch im Kopp. Un adragdief[228]. Du musch kämpfe um dei Fraa."
Er wusste nicht, woher er das jetzt hatte, und bedauerte sogleich seine Einlassung, denn Kornfeld jammerte unüberhörbar: „Kämpfe? Ich bin zu schwach. Schun weje demm wennische Esse, des wu isch ghabt hab."
„Mogge mache ma ärschda än Waldlauf un weesch, was mia dann mache, mia zwee?"
„Nää."
„Mia kaafe paa zwee Garodde. Un donn iibsch du bissl die zum esse."
„Tschief, du bisch escht in Orddnung."
„Un jetzt schloof! Mogge wärdd hartt. Garoddemarathoon."

Wider Erwarten fiel es Kommissar Günda schwer einzuschlafen. Etliches schwirrte ihm im Kopf herum. Mit Sicherheit hatte Rosie Kornfeld einiges zu erdulden gehabt, selbst wenn ihr Mann nur ein Maulheld war. Kommissar Günda kannte sie nur flüchtig. Er war überrascht, dass sie so eine attraktive Frau war. Für Kornfeld eigentlich bedeutend zu attraktiv und entschieden zu sanftmütig. Er erinnerte sich gut an eine Begegnung mit ihr. Irgendein Ehrungsabend vom Präsidium mit anschließendem Tanz. Kornfeld hatte ungeniert mit anderen Frauen geflirtet, geradezu gebalzt und seine eigene mehr oder weniger alleine sitzen lassen. Kommissar Günda hatte das sehr gut beobachten können, denn sie waren am selben Tisch gesessen. Irgendwann hatte er es nicht mehr mitansehen können und hatte ganz

[228] attraktiv

entgegen seinen Bedürfnissen die so verlassen Wirkende zum Tanzen aufgefordert. Eine höchst angenehme Erfahrung, und das nicht nur, weil sie ihn schon währenddessen überschwänglich gelobt hatte für sein Rhythmusgefühl. Wenn ihn nicht alles täuschte, hatte sie ihm beim Abschied sogar zugezwinkert.
Kornfeld hatte nichts davon mitbekommen, der hatte nur Augen für alle anderen Frauen gehabt.

„Schleefsch du schun, Günda?"
„Jetz nimmi."
„Grad ähns. Mähnsch du, mei Rossie, die hot än annare?"
„A wa! Wie kummschn du dodruff?"
„Isch mähn, des is ä adragdiefi Fraa."
Des fällt dia bissl spoot ei, dachte Kommissar Günda.
„Odda net?"
„Schun", antwortete er vage.
„Gebs zu, ia habt jo aa mol heffdisch gfläddet, dorttmols beim Bollezeifescht. Du a-innasch disch."
„Isch un die Rossie? Hea uff!"
„Die is uff disch gstanne, des hab isch gönau gemeiikt."
„Des hosch du dia eigebildet. Un jetz schloof, Weize!", sagte Kommissar Günda bestimmt, drehte sich demonstrativ zur Seite und kam nicht umhin, sich geschmeichelt zu fühlen: *Die Rossie, die is mol uff misch gstanne? Guggemoldo!*[229]

[229] Sieh an!

Derweil geht Freese den neuesten Hinweisen nach und macht sich auf den Weg in eine fremde Welt: Fußheim. Auf der Suche nach dem dortigen Männerballett:

Die Fußheima Fuddla

„Sie!“, setzte er an als Brückenschlag über die Kulturgrenzen, um gleich einmal ein Zeichen zu setzen, wie vertraut er mit den Anredegepflogenheiten war. Er konnte sich schlechterdings nicht vorstellen, dass es für *Sie!* hier einen anderen Ausdruck gab. Und – für ihn geradezu ideal – wie unterschiedlich konnte man das schon aussprechen?

Und doch, es gelang ihm, das Wort in jedem Fall falsch zu artikulieren, denn er hatte im Eifer des Gefechts nicht bedacht, auf die in der gesamten Region unbedingte Stimmlosigkeit des Zischlautes zu achten.
So wunderte er sich, dass sich keiner der Fußheimer nach ihm umdrehte, so oft er sein *Sie!* auch in die Runde warf. Weder in der Fußgängerzone noch im Park und auch nicht auf dem Fußballplatz, wo sich trotz der winterlichen Jahreszeit ein paar Senioren lautstark abrackerten:
„Gasse!“
„Hinnamann!“
„Oh leck!“

Schließlich entdeckte er unweit davon eine Sporthalle. Sie war offen, aus dem Innern drangen markige Laute: „Hu! Ha!“
Er folgte den Schreien.
„Sie!“, setzte er erneut an, als er die große Halle betrat, in der sich im hinteren Bereich ein paar Frauen auf Matten niedergelassen hatten. Wiederum keine Reaktion.
„Entschuldigen Sie bitte, meine Damen, darf ich Sie etwas fragen?“

Niemand nahm von ihm Notiz.
Entschlossen ging er auf die Frauengruppe zu: „Ich bin auf der Suche nach dem Männerballett."
„Sehe mia so aus?"
„Hea, isch hab misch vleischt heide moaje noch rassiat."
„Des is jo än Schärzzkeks!"
„Dea weeß, wie ma Fraue Gomblimende mescht."
„Nein, nein, ich habe Sie selbstverständlich nicht für das Männerballett gehalten. Ich habe nur gesehen, dass Sie hier Gymnastik machen, und dachte, Sie können mir vielleicht weiterhelfen bei meiner Suche."
„Was mache mia? Gimmnassdisch?"
Freese hob beschwichtigend die Arme: „Oder eben Yoga."
„Jogga? Hea mol des wärdd jo imma bessa. Des is vleischt Kampfsporttt!"
„Aha, interessant."
Eine der Frauen richtete sich langsam auf: „Mia kenne des bei Ihne gärnn mol ausbrowiere."
„Vielleicht später. Im Moment bin ich auf der Suche nach Männern."
„Deed aa ähna lange? Mia hawwe än Hausmeischda."
Heiterkeit keimte in der Runde auf.
„Nein, der kommt nicht in Frage."
„Vleischt mache Sie mol ä Schild. Babbes[230] an die Bähm[231]."
„Odda Paa schipp. Des mache aa mansche, haawisch gheat."

Dieses Gespräch führte in die falsche Richtung, das spürte Fritjof Freese, wenn er auch nur Teile des Gesagten verstand: „Parship? Originell. Nein, das ist nichts für mich. Wie gesagt, ich bin auf der Suche nach einem Männerballett. Sie heißen *Fummler*. Oder so ähnlich."

---

[230] kleben

[231] Bäume

„Fummla? Des wüssdisch awwa.“
„Weje denne Fummla drähniere mia jo.“
„Die grähgde glei mol Probblähme mit uns.“
„Nun, vielleicht nicht direkt Fummler, jedenfalls irgendwas mit Fu?“
„Tong? Futong?“, mutmaßte eine der Umsitzenden.
„Futong? Hea ma bloß uff mit Futong, Renaade. Futong hawwisch mol ghabt. Mia hot des gfalle. Awwa fa Moina waa des nix. Do is dea gaa nimmi hochkumme de Moaje.“
„Isch kenns. Wenns um die Madrazz geht, sin die Männas Mimoose.“
„Die sollde mol uff denne Isomadde drähniere wie mia.“
„Fria, beim Zelde, do isses grad noch gange.“
„Wie sie jung un knackisch waare. Long hea. Awwa heit, am libbschde dreißisch Zendimeda Gnautschzoon, zäh Lage iwwananna, Kumfoazoone[232] owwe, unne un middedrin.“
„Nun“, unterbrach Freese vorsichtig: „nochmal zum Männerballett.“
„Wellem?“
„Welschem?“
„Meedls, mia misse weidamache, mia wärre schun gonz kihl.“
„Nur ganz kurz: Wie viele Männerballette gibt es denn in Fußheim?“
„Zwee.“
„Zwaii“, erläuterte eine Brünette teilnahmsvoll, bevor sie aufsprang und heftige Schlagbewegungen ausführte. „Hu! Ha!“
„Zwei. Ah ja.“
„Ä evangelisches un ä gadohlisches.“

Freese stutzte. Ganz sicher war er sich nicht, wie er den Hinweis einzuschätzen hatte: „Kein kommunales? Hihi.“
Sein Scherz stieß nicht auf Resonanz.

---

[232] Komfortzone

„Äh, was annares: Sin Sie net dea vun Gliggabach?"
„Wie man es nimmt. Ich arbeite dort für die Sokodo."
„Sin Sie vawandt mit sellem Hansi? Mit demm hawwisch nämmlisch noch ä Hingl zum rupfe."
„Isch aa."
„Isch aa."
„Isch aa."
„Ist das ein Glickerbacher, den Sie da meinen?"
„Bstimmt. So griminell, wie dass dea is."
„Und wie kommen Sie darauf, dass ich mit diesem Hansi verwandt bin?"
„A, in Gliggabach, do sin sie doch all vawandt middenanna."

Bürgaspreschle

Selbstredend werden alle Fälle gelöst, auch wenn es manchmal Momente gibt, in denen unsere beiden Helden daran zweifeln. Kehren wir an dieser Stelle zum ersten Fall zurück: **De Schorle-Peda**. *Die Ermittlungen sind festgefahren, Freese ist frustriert.*

„An der Polizeihochschule habe ich gelernt …"
„Moment!", unterbrach ihn Kommissar Günda. „Isch schreib glei mit."
Freese ließ sich nicht aus dem Konzept bringen.
„An der Polizeihochschule habe ich gelernt, wie wichtig es ist, in einem geschlossenen System, wie es Glickerbach unzweifelhaft darstellt, die Sollbruchstellen auszumachen. Die Mauer des Schweigens zu durchbrechen."
„Hm?"
„Tschief, bei meinen Zeugenbefragungen gibt es eine eindeutige Tendenz, und die heißt Schweigen um jeden Preis."
„Wahrscheinz, weil du die ganz Zeit schweddsch."
„Mitnichten. Es ist wie eine Wand. Meine Fragen werden nicht zur Kenntnis genommen."
„Weil du so voanehm babblsch. Weil disch kähna vasteht. Außa isch. Kumm mol hea, loss disch mol drigge."
Kommissar Günda breitete die Arme aus, doch Fritjof Freese war nicht geneigt, den Ernst seines Anliegens preiszugeben.
„Mag sein, dass man das Gespräch mit Ihnen eher sucht, aber was haben wir denn auf diesem Wege schon erfahren? Ich habe den Eindruck, man verheimlicht auch Ihnen alles Wesentliche. Und ich kann Ihnen auch genau sagen, woran es hapert."
„Nämmlisch?"
„Fehlender Respekt. Mangelnde Autorität. Ist ja auch kein Wunder, wir stiefeln durch Glickerbach wie eine Drückerkolonne. Wir befragen aufs Geratewohl, nach Lust und Laune, wer uns gerade über den Weg läuft. Ich würde gerne den einen

oder anderen vorladen. Ganz offiziell und amtlich."
„Des is vleischt gaa kä schleschdi Idee, moin Liewa …", murmelte Kommissar Günda. „Wu du rescht hosch, hosch du rescht."

Und so wurde das Nebenzimmer im Roten Ochsen zur offiziellen Anlaufstelle für all diejenigen, die etwas zur Lösung des Falles beitragen wollten.
Dazu hatte Kommissar Günda in einer eilends gefertigten und umgehend verteilten Sonderausgabe der ansonsten wöchentlich erscheinenden *Gliggabach Njuus* einen Aufruf veröffentlicht:

Bürga-Schpreschle im Rode Ochse
Wer waren des mim Schorle-Peda?
Weesch was? Kumm vorbei!
Eia Bollezei

Mit einem solchen Ansturm hatte keiner gerechnet. Insgesamt vierzehn Stunden dauerte die Auskunftei der Glickerbacher. Anfangs zeichnete Freese die Gespräche auf und diktierte eine kurze Zusammenfassung aus Sicht der Befrager. Später begnügten sie sich mit einer Strichliste.
Denn die Ergebnisse waren eher zweifelhaft. Die meisten wollten *blouß mol gugge*.

Fast alle Glickerbacher hatten, wie sich alsbald herausstellte, ihrerseits Anliegen, zumeist eingeleitet durch ein kompromisslos daherkommendes *Was annares …*
Die Kärscheglogge – zlaut!
Die Hauptstrooß – zdregged!
Dea wu moin Nochbaa is – uumeeglisch!

Die Preise zu hoch, die Straßen zu voll, das Bier zu warm, die Sommerzeit zu kurz, das Wetter zu schlecht, sämtliche Regieren-

den unfähig, das Fernsehprogramm *kannsch de Haase gewwe!*
Zwei Glickerbacher brachten gar ihre gesamten Ersparnisse, um sie wieder in D-Mark umtauschen zu lassen.
Kurz, aller Unbill, Unmut, Unbehagen landete im Nebenzimmer vom Roten Ochsen.
„Als hätten die sich abgesprochen“, stöhnte Freese sichtlich ermattet.
„Du hoschs afasst.“

Zum Opfer Peter Lengard, genannt *De Schorle-Peda*, dominierten folgende Äußerungen:
Sseckl – 43
Sseftl – 52
Strooma – 68
De Härddschd – 13

beziehungsweise von weiblicher Seite:
Strooma – 74
Raiwa – 71
än Goldische – 135
Pfff … 134

In der Sache verdichteten sich zu später Stunde die Hinweise, dass der Täter oder die Täterin aus dem Nachbarort stammte. Was auch an Freeses Fragestellung gelegen haben mochte, als der eher hilflos einen Köder auswarf: „Könnten Sie sich auch vorstellen, dass ein Nicht-Glickerbacher den Mord begangen hat?“
„Wea?“
„Na, zum Beispiel jemand aus der Nachbarstadt? Wie heißt die nochmal? Fußheim?“
„Gönau! Fußhoima. Die wares. Du hoschs. Gradliada[233]!“

---

[233] Gratuliere dir!

Ein Verdacht, der bald zur allgemeinen Überzeugung wuchs, weil jeder der Befragten sein Wissen beim Hinausgehen weitergab.
„Hea, Karl, hoisch, isch geb da mol än Tipp: Wenn die disch glei froore, die Antwort, die rischdische, heeßt: Fußhoima, dreggede. Alle vahaffde!“

In den letzten beiden Stunden häufte sich die Gegenfrage „Was gibtsn Neies?“ seitens der Glickerbacher. Denn nun stellten die sich nach ihrer Befragung einfach wieder in der Schlange hinten an, um nach wenigen Minuten das Nebenzimmer im Roten Ochsen mit den Worten zu betreten: „Isch bins nochmol. Unn, Buuwe, habda schun was rausgfunne?“

Gerne lasse ich meine Krimis mit einem Moment der Nachdenklichkeit enden. Exemplarisch sei hierfür eine Szene mit Kommissar Günda, die den dritten Roman, ***Die Luddarisch Brick****, beschließt:*

Ia seid wie isch – bloß annaschda

Alles war verschwunden. Die Scheinwerfer, die Kabel und Kameras, die zahllosen Gerätschaften, Kisten und Stative, der Wohnwagen, die Pappteller und Getränkebecher, alles weg. Die Produktion hatte dafür gesorgt, dass nichts mehr darauf hindeutete, was hier vor Kurzem stattgefunden hatte. Erheblich dazu beigetragen hatte auch Leo Siebert, seit zwei Jahren Rentner und so etwas wie der Manager dieser neu-historischen Stätte. Jedenfalls war er seit den Dreharbeiten von offizieller Stelle aus für die ordnungsgemäße Übergabe des Geländes verantwortlich. Er nahm seine Aufgabe ernst. Sehr ernst. Und er hatte Zeit.
Stundenlang und immer wieder hatte er die Reinigungskräfte auf Mängel hingewiesen. Umsichtig und unerbittlich hatte er auf dieses und jenes gedeutet:
„Des is aa vun eisch!“
„Des waa noch net so!“
„Des gheat aa noch gmacht!“

Zähneknirschend hatte Harald Heist persönlich darüber gewacht, dass dessen Anweisungen allesamt befolgt wurden. Hatte eigens Mülltüten, darunter allein 500 für Hundekot verteilen lassen, ahnend, dass eine Diskussion über die Verantwortung für die Hinterlassenschaften fruchtlos sein würde. Hatte seufzend genickt, als Leo Siebert darauf bestanden hatte, dass nach sorgfältiger Säuberung der Büsche und Sträucher sämtliche Wege im Umkreis von fünfzehn Metern um die Lutherische Brücke erst gefegt, dann geharkt wurden.
„Do hebdan Räsche!“

Kurze Diskussionen hatte es um Brombeersträucher gegeben, von denen Leo Siebert behauptete, die seien „…gwachse wie bleed, seitdähm dass ia do seid. Wahrscheinz weje denne Scheiwerfa. Fuaschbaa. Des kenne mia net brauche!"

Schließlich machte sich Heist mit einem kleinen Team persönlich daran, diese zu entfernen. Denn immerhin ging es um eine nicht unerhebliche Kaution, über deren vollständige Rückerstattung offenbar allein Leo Siebert zu entscheiden hatte. Worauf dieser immer wieder gerne hingewiesen hatte.
„Mia kenne des nadierlisch aa selwa mache. Awwa, isch sachs glei: Des koscht!"

Einzig als Leo Siebert verlangt hatte, die Lutherische Brücke zum Abschluss feucht zu wischen, war Harald Heist der Kragen geplatzt: „Entschuldigung! Feucht wischen? Eine Holzbrücke im Wald?"
„Des mache mia imma. Regglmäßisch."
Man einigte sich schließlich auf eine großzügige Spende für *des näckschde Feschtl.*

Und so war die Lutherische Brücke an diesem Montagmorgen ein beschauliches Plätzchen, dessen Abgeschiedenheit ein einsamer Mann sichtlich genoss. Die Hände auf das Geländer gestützt, blickte er versonnen in das träge dahinfließende Wasser unter ihm.
Unweit stand ein Reiher. Auch er regungslos, bis ihn das entfernte Kläffen eines Hundes aufschrecken und davonfliegen ließ.
Nichts davon hatte Kommissar Günda bemerkt, denn er war nicht nur in Gedanken versunken, er trug überdies Ohrhörer und lauschte dieser eigenartigen Kombination von Umgehungsstraße, Eisenbahn, Waldgeräuschen und Rory Gallagher: *Going to my Hometown.*

Die Gschischtlin

noch mähna vun denne Gschischtlin

Drei Frauen standen mir bei diesem Buch mit Rat und Tat zur Seite: Helga Föll, Buchhändlerin mit Leib und Seele, Claudia Verclas, meine einfühlsame Korrekturleserin, und Bettina Hellmann (ehemals Gantert), für mich die beste Grafikerin.

Herzlichen Dank!

www.arnim-toepel.de

Fotos: Arnim Töpel
Grafische Gestaltung: Bettina Heilmann, Mannheim
Druck: CPI Clausen & Bosse

ISBN 978-3-9820343-1-7

Von Arnim Töpel bisher erschienen:

De Schorle-Peda

ISBN 978-3-9812773-8-8

Auch als mp3-Hörbuch

Muffzekopp

ISBN 978-3-9812773-9-5

Auch als mp3-Hörbuch

Die Luddarisch Brick

ISBN 978-3-9817294-1-2

Auch als mp3-Hörbuch

Fagrumbelung

ISBN 978-3-9817294-3-6

Auch als mp3-Hörbuch

Männas!

ISBN 978-3-9817294-8-1

Auch als mp3-Hörbuch

Mord beim Männerballett?

ISBN 978-3-9817294-9-8

Auch als mp3-Hörbuch

Isch, de Krutze

ISBN 978-3-9817294-4-3

GÜNTER HARITZ
Aus dem Leben eines Radsportbesessenen
ISBN: 978-3-9817294-5-0